U0728001

名声

〔德〕丹尼尔·凯曼 著

杜新华 译

RUHM

南海出版公司

新经典文化股份有限公司
www.readinglife.com
出　品

目 录

1　声音

19　险境

43　走向死亡的罗莎莉

69　出路

85　东方

109　答修道院女院长问

121　一篇讨论帖

147　我的谎言，我的死

177　险境

声音

伊布林还没到家，手机就响了起来。这些年来他一直不肯购置手机，因为他本人是个工程师，他不信任这种玩意儿。让一个有害辐射源紧贴着脑袋，难道就没人在心里犯嘀咕？但是伊布林有老婆，有两个孩子，还有一堆同事，总有人抱怨联系不到他，最终他让了步，买了一部手机，并且当即让售货员帮忙入了网。他不情愿地发现自己居然觉得这东西很不错，造型精致，触手光滑，优雅美观。此时，它蓦地响了起来。

他犹豫着接了电话。

是一个女人的声音，要找一个叫什么拉夫的。也许是拉尔夫或是劳尔夫，他没听清。

错了，他说，打错了。那女人道着歉，挂掉了电话。

晚上，第二个电话来了。"拉尔夫！"一个男人用沙哑的声音叫嚷道，"怎么回事，你怎么了，你这傻蛋？"

"打错了！"伊布林直挺挺地坐在床上。十点都过了，他老婆气呼呼地看着他。

男人道了声歉，伊布林关了机。

第二天早上，手机里有三条留言等着他。他在去上班的城铁上挨个听了。一个女人咯咯笑着要他回电话。一个男人大吼大叫着要他马上过来，否则就不等他了，电话里杯盘叮叮当当的，还有音乐声。然后又是个女人："拉尔夫，你究竟在哪儿？"

伊布林叹口气，给客服打了电话。

不会吧，一个女人的声音疲倦地说，不可能有这种事。号码不可能是重复的，每个号码都设有多重安全保障。

"可这事儿偏偏叫我撞上了呢！"

不会的，那女人说，不可能。

"那您看现在该怎么办呢？"

她说她也不知道，但是不可能有这种事。

伊布林张张嘴又合上了。他知道换成别人早就发火了，但是他不会，因为他生来就不会发脾气。他摁下了挂机键。

过了几秒钟，手机又响了。"拉尔夫？"是一个男人的声音。

"我不是。"

"什么？"

"这个号码是……由于疏忽……您拨错了。"

"这明明是拉尔夫的号码嘛！"

伊布林挂断电话，把手机塞进了外套口袋。城铁上人挤人，

4

今天又得站一路了。这边一个胖女人紧贴着他,那边一个小胡子男人像死敌一样盯着他。在伊布林的生活中有很多不如意的事。他心烦,因为妻子没有头脑,读很多浅薄的书,做饭又难吃。他心烦,因为没生个聪明伶俐的儿子,女儿又不亲他。他心烦,因为听得见薄薄的墙壁那边邻居的鼾声。而尤其让他心烦的,是高峰期的城铁,总是这么逼仄,这么拥挤,气味更是前所未有的恶浊。

不过他喜欢他的工作。他和十几位同事坐在明亮的灯光下,检修全国各地的经销商送来的故障电脑。他知道那些会思想的小芯片是多么脆弱,又是多么复杂和神秘。没有人全面细致地了解它们,谁也说不上来为什么它们会忽然停工,又忽然做出一些奇怪的行为。大家并不去查找其中的原因,只是把配件换一换,让机器运行起来就行了。他常常想这个世界是多么依赖电脑,但他也知道例外总是有的,如果它们分毫不差地做完该做的事,那几乎算得上半个神迹。晚上,在半睡半醒的时候,他脑海中浮现的幻象——所有的飞机,所有的电子控制武器,所有的银行计算系统——会让他心神不安,有时甚至会让他的心脏狂跳起来。这时候埃尔柯就生气地问他,为什么他不能安安静静地躺着,难道她要和一台水泥搅拌机同床共枕吗,于是他向她道歉,一边想起母亲曾说过他是个非常敏感的人。

走出城铁,手机又响了。是埃尔柯打来的,要他下班的路上去买黄瓜,他家那条街上的超市里黄瓜现在特别便宜。

伊布林答应了，匆匆忙忙说了再见。手机又响了，是一个女人，问他是不是好好考虑过了，只有傻瓜才会放弃像她这样的女人。或者他不这样认为？

不，他不假思索地说，他也是这样想的。

"拉尔夫呀！"她笑了。

伊布林的心怦怦跳，喉咙发干。他挂断了电话。

去公司的一路上他都稀里糊涂的，心烦意乱。这个号码前主人的声音一定跟他的很像吧。他又给客服打了电话。

不，女客服说，很抱歉不能随便给他换电话号码，换号码需要另外付费。

"可是这个号码是别人的呀！"

不可能的，她回答，这是有——

"安全保障的，我知道！可我总是接到打给那个什么人的……电话。您知道吗，我是个工程师。我知道，打客服电话给您的人多数都很无知，可我是专业人员。我懂得——"

她说她爱莫能助。她会把他的要求转给专人处理。

"然后呢，然后怎么着？"

然后，她说，等等看吧。但是这事不归她负责。

这天上午他干活时总不能专心。他双手哆嗦，到了午休时间也不觉得饿。连维也纳煎肉排都引不起他的食欲。食堂并不常做维也纳煎肉排，一般来说他在前一天就会盼望这道菜的。但是这一次餐盘里还剩了一半，他就把它放回架子上，走到食堂安静的一角，打开手机。

有三条留言。一条是女儿要他在她上完芭蕾舞课后去接她。这让他有点意外，他根本不知道女儿在学跳舞。第二条是一个男人要他回电话。听不出这到底是给谁的留言，是给他还是别的什么人。第三条是一个女人问他，为什么总是躲着她不见面。她的声音低沉含混，他从来没听过这个声音。他正想关机，手机却又响了。显示屏上的号码前有个"+22"，伊布林不知道这是哪个国家的代码。他几乎没有什么在国外的熟人，除了在瑞典的表弟，还有一位住在美国明尼阿波利斯的胖老太太。老太太每年圣诞节时给他寄一张照片，在照片上咧嘴笑着向他举起酒杯，照片背面写着致伊布林伉俪。可是他跟埃尔柯都不知道这位老太太究竟是他们的什么亲戚。他接了电话。

"我们下个月能见面吧？"一个男人大声说，"你会去洛迦诺电影节吧？没有你他们可办不成，根本不成，是吧，拉尔夫？"

"我会去的。"伊布林说。

"这个洛曼，我早就想到了。你跟迪吉特电信的人谈过了吗？"

"还没有。"

"该谈谈啦！洛迦诺方面能帮我们很大的忙，就像三年前在威尼斯一样。"那个男人笑起来，"还有，你别的事情都怎么样了，比如克拉拉？"

"唔，嗯。"伊布林说。

"你这老东西，"那男人说，"真是少见。"

"我觉得也是。"伊布林说。

"你感冒了？声音有点儿怪。"

"我现在得……我还有点儿事。过会儿打给你。"

"好吧。你这人哪，本性难移，是吧？"

那人挂了电话。伊布林靠住墙，抹抹额头。歇了一会儿，他才清醒过来：这是在食堂里，旁边有几位同事在吃煎肉排。罗格勒恰好端着餐盘从他身边走过。

"嘿，伊布林，"罗格勒说，"你没事吧？"

"当然没有。"伊布林关掉了手机。

整个下午他都心不在焉。电脑的哪个配件出了毛病，经销商在语焉不详的报修申请中是怎么说的——顾客称，关机重启，但是屏幕上显示零——都引不起他的兴致。心里隐隐盼望着什么事情发生。

他一直拖延着时间。在回家的城铁上，手机关机。在超市里买黄瓜，手机关机。他跟埃尔柯和两个在桌下蹭着腿踢闹的孩子吃饭时，手机仍静静地待在他的衣袋里，但是他抑制不住地想着它。

他走进地下室。一股霉味袭来，一个角落里堆着啤酒箱，另一个角落里散放着临时拆卸下来的宜家柜子的各个部件。伊布林打开手机。有两条留言。他刚想听，手机却在手里颤动起来：有人打电话来了。

"喂？"

"拉尔夫。"

"喂？"

"你这会儿干什么呢？"她笑道，"要不要跟我玩玩？"

"我可不想。"

"可惜呀！"

他的手哆嗦起来。"你说得对。其实，我很……很愿意……"

"什么？"

"……跟你玩儿。"

"什么时候？"

伊布林四下看看。这个地下室他再熟悉不过，每样东西都是他亲手放进来的。"明天。时间地点你来定。我去。"

"你是当真的？"

"你看呢？"

他听见她深吸一口气。"庞大固埃餐厅。九点。你去预订。"

"好。"

"你知道吗，你这可算是头脑发热。"

"谁管这一套呢？"伊布林说。

她笑了起来，然后挂了电话。

这天夜里，他爱抚了久未亲热过的妻子。一开始她惊讶得说不出话来，然后她盘问他怎么回事，是不是喝了酒，之后她顺从了。时间并不长，当他将她压在身下的时候，他觉得他们仿佛是在做一件不该做的事。她拍拍他的肩膀：她透不过气来了。他道了声歉，但还是持续了几分钟才放开她，滚到一边躺下。埃尔柯开了灯，怨恨地看看他，然后躲进了卫生间。

自然，他是不会去庞大固埃的。那一整天他都没有开机，晚上九点钟的时候，他和儿子一起坐在电视机前看德乙联赛。他觉得身体像有电流通过般发痒，仿佛他的影子，他的替身，出现在了另一个宇宙里，走进了一家豪华餐厅，和一个高挑美貌的女子约会，她凝神听他说话，听到风趣的话就笑起来，并且不时装作不经意地碰碰他的手。

中场休息时，他走进地下室，打开手机。没有留言。他等了一会儿。没有人打电话来。过了半个小时他才关机，上床睡觉。他实在无法再装出津津有味地看球赛的样子了。

他一直睡不着。十二点刚过，他起了身，赤着脚，穿着睡衣，蹑手蹑脚地走进地下室。他打开手机。有四条留言。他还没来得及听一听，来了个电话。

"拉尔夫，"是一个男人的声音，"不好意思，我这么晚还……但我有很重要的事！马尔扎赫坚持后天要跟你见面。整个项目都悬了！莫根海姆也要来。你知道的，若是这样后果会多严重！"

"我不在乎！"伊布林说。

"你糊涂了吧？"

"走着瞧呗。"

"你真是疯了！"

"莫根海姆是虚张声势。"

"你真是有胆量。"

"没错，"伊布林说，"我就是这样。"

他刚想听听留言，手机又响了。

"你怎么能这样做！"她声音沙哑，极力克制着。

"你不知道啊，"伊布林说，"我今天遇上了许多倒霉的事。"

"别扯谎。"

"我干吗要扯谎呢？"

"是因为她！这是……现在……你们又在一起了？"

伊布林不说话。

"你痛快承认好了！"

"别犯傻了！"他飞快地想她指的是哪一个女人，他是不是听过那个人的声音。他真想多了解一些拉尔夫的生活，因为现在这也算是他生活的一小部分了。拉尔夫是做什么的，是靠什么谋生的？为什么有些人得到一切，有些人却一无所有，有些人功成名就，有些人却一事无成，而这些都与他们的能力毫无干系？

"对不起。"她轻声说，"你这人……有时真难对付。"

"我知道。"

"但是你这人……确实跟别人不一样。"

"我倒真想跟别人一样。"伊布林说,"但是我一直都不知道该怎么做。"

"那么,明天?"

"明天。"伊布林说。

"如果你还是不来的话,我们就一刀两断吧。"

他悄无声息地往楼上走,左思右想,是不是当真有拉尔夫这么个人。忽然他有种古怪的感觉,拉尔夫就在外面,正处理着自己的事情,对他一无所知。也许拉尔夫就是为了他而存在的,也许一个偶然的机会就会让他们交换各自的命运。

又响了。他接起来,听对方说了几句话,然后他大声说:"取消吧!"

"什么?"一个女人吃惊的声音,"他特地赶来的,我们为这次见面辛苦了这么久——"

"我用不着依靠他。"这说的是谁呢?真想知道啊,哪怕付出些代价。

"你还就得依靠他!"

"等着瞧吧。"一阵从未有过的狂热充满了他的全身。

"那你看着办吧。"

"我不正看着办呢!"

伊布林拼命克制着自己别去打听事情的底细。他已经发现,其实他说什么都不要紧，但是只要他一提问题，别人马上就会起疑。昨天有个声音沙哑却悦耳的女人直冲冲地问他到底是不是拉尔夫——其实他不过打听了一下，三年前的夏天她在安塔露西亚的哪个地方。因此他永远打听不到更多关于那个男人的事情。有一次，他在一张拉尔夫·唐纳最新的电影海报前停了一会儿，心潮起伏地想了几秒钟：也许，他拥有的电话号码，是这位大明星的？那么这一个星期以来，跟他通话的就是这个明星的朋友、下属和情人了？也许唐纳的声音跟他的有几分相像？他摇了摇头，苦笑一下，走开了。这种状况不会持续很久的，别想入非非了，这个错误早晚会被纠正，他的手机会沉默下来。

"啊，又是你。我不能去庞大固埃了。她回来了。"

"是卡佳？你是说……你又跟卡佳在一起了？"

伊布林点点头，把这个名字写在一张纸上。他猜想，现在跟他通话的这个女人叫卡拉，但是他还没有足够的证据，因而不敢这样称呼她。唉，现在的人都不会在电话里报出姓名了。有了来电显示，人人都会先入为主地认为对方在接电话之前就知道自己是谁。

"我不会原谅你。"

"我很抱歉。"

"胡说，你才不会抱歉呢！"

"嗯，"伊布林微笑着靠在宜家柜子的侧面，"也许不会。卡佳真棒。"

她叫喊起来，骂他，威胁他，然后哭了。但是这一阵哭骂毕竟是针对拉尔夫的，伊布林没有丝毫的愧疚感。他只是心脏怦怦跳着，听着她的声音。他还从来没有如此贴近过一个情绪激动的女人的心灵。

"你冷静些！"他厉声说，"这没有用，你是知道的！"

她挂断电话之后，他微微有些眩晕，便站了一会儿，在万籁俱寂中谛听着，仿佛听到了卡拉的啜泣之声。

在厨房里迎头撞上了埃尔柯，他吓了一跳，停住了脚步。刹那间他觉得她从天而降或来自梦里，总之与真实的生活毫不相干。这天夜里，他把她拉到了身旁，这一次她又半推半就地顺从了，他在激情中幻想着可怜的卡拉。

第二天，他独自在家。他第一次回拨了一个电话号码。"是我。我只是想问问一切顺不顺利。"

"是哪位？"是一个男人的声音。

"拉尔夫！"

"哪个拉尔夫？"

伊布林迅速摁下了挂机键，然后拨了另一个号码。

"我的老天，拉尔夫！我昨天还想……你……我给你……我……"

"慢慢说！"伊布林说，心里有些失望，因为不是那个女人，"有什么事？”

“我做不下去了。”

“那就别做了。”

“一点出路都没有啊。”

“出路总会有的。”伊布林忍不住打了个哈欠。

“拉尔夫，你的意思是说，我……我应该承担后果？我必须做个了断？”

伊布林不断地换着电视频道。真不走运，尽是民歌，或者木工工艺指导，要不然就是重播的八十年代的电视连续剧：下午的节目就是这么无聊。他怎么会看这些？他为什么坐在家里不去上班？他不知道。难道他干脆忘记了去上班这回事？

“我把整盒都吞下去了！”

“好哇。”伊布林拿起放在桌上的一本书。《从自我走向自我的道路》，作者是米盖·奥里斯托斯·布兰克斯。封面上印着一轮红日。这是埃尔柯的书。他把它扔到了一边。

“拉尔夫，你什么都有，你得到了一切，你根本不会明白当老二是什么滋味。永远是众人中的一个，永远是备选。你不明白！”

“这倒是。”

“我当真做了！”

伊布林关掉了手机，省得那个可怜的家伙打回来。

这天夜里他梦见了兔子。个头很大的兔子，模样并不好玩。

它们从茂密的灌木丛里跑出来，看上去肮脏而惫懒，浑然不似动画片里可爱的模样。它们目光灼灼地盯着他。忽然身后的丛林里咔嚓一响，他猛地转过身来，一下子惊扰了眼前的一切，那真实的一幕溜走了。他听见埃尔柯说，真受不了，一个人的呼噜居然会这么响，她非得安排一间自己的卧室不可。

从第二天早晨开始，手机沉默了。他等了又等，听了又听，但是手机就是不响。第二天午后，手机终于响起，来电的却是他的老板，问他为什么这两天都没有来上班，出了什么事，是不是他一时疏忽忘了交病假条。伊布林道了歉，装了几声咳嗽来加强效果，上司说没关系，这不算什么，不用紧张，说他是个称职的员工，他了解他。这时候伊布林恼恨得涌出了眼泪。

一天后，他在三台电脑上动了手脚，重新设定了硬盘，让所有的数据在一个月后删除。手机沉默着。

好几次他忍不住想要回拨一个号码。拇指摁在拨号键上，他想象着，马上就可以听到一个声音了。如果他再多一分勇气，他就会摁下。或者到哪里去放一把火。或者去找卡拉。

至少午饭时还有维也纳煎肉排吃。一星期里能吃两次——这是难得的好运气。罗格勒坐在他对面，用力咀嚼着。"新型的E14，"他嘴里鼓鼓囊囊地说，"真让人崩溃，根本运行不起来。买这机器才是自找倒霉呢。"

伊布林点点头。

"可是，怎么办才好呢？"罗格勒大声说，"机器是新的呀。连我都想要！除了它再没别的了啊。"

"是啊，"伊布林说，"再没别的了。"

"嘿，"罗格勒说，"别再死盯着你的手机啦。"

伊布林打了个冷战，把手机塞进了衣袋。

"不久前你还根本不想配手机呢，现在却一步也离不开它。放轻松些，没什么火烧眉毛的事。"罗格勒停了停，咽了口唾沫，又把一块肉排塞进嘴里，"别多心，可是，说真的，谁会给你打电话呢？"

险境

"一部没有主角的长篇小说！你懂吗？结构、关联、情节，这些都有，但是没有主人公，没有贯穿首尾的人物。"

"有意思。"伊丽莎白意兴阑珊。

他看了看表。"飞机怎么总晚点？昨天也这样，这些人在搞什么鬼，老发生这种事。"

"反正也晚了。"

"你看到了吗，对面那个男人活像个只有两条腿的狗！不过，为什么晚点啊，就不能有一次，哪怕只有一次准时起飞吗？"

她叹了口气。候机室里足有两百多人。很多乘客在睡觉，也有一些人在读印刷得很粗劣的报纸。墙上的肖像画里，一位大胡子政治家在彩旗下冷峻地笑着。书报架上摆放着杂志、侦探小说、米盖·奥里斯托斯·布兰克斯的励志书籍，还有香烟。

"你觉得这些飞机安全吗？照我看都是欧洲人卖给他们的旧货吧，在我们那儿是根本不能飞行的。这也不是什么秘密，是吧？"

"不是。"

"什么？"

"不是秘密。"

莱奥揉了揉额头，微咳一声，嘴巴张开又合上，拖泥带水地打了个哈欠，然后湿润着眼睛看她，"你在说笑话？"

她不置可否。

"那些人应该事先就告诉我。他们本来就不该邀请我，我的意思是说，到底还有没有规矩？如果没有安全保障，就不该邀请我！你看到对面那个女人了吗，她在写字。为什么？她在写什么？不过，你告诉我，你的确是在开玩笑，这架飞机真的不危险，对吧？"

"不，不危险，"她说，"别害怕。"

"你现在这样说只是为了让我宽心！"

她闭上了眼睛。

"我知道。我看得出来。你看看对面呀！如果这是个故事，我们应该是登机前被遗忘的那群人。啊，这故事会有怎样的结局呀！"

"还能怎样？乘下一班飞机就是了。"

"但愿会有！"

伊丽莎白不说话了。她很想睡一会儿，现在还早，但是她知道，等飞机降落后他才会放过她。她不得不在飞行全程中给他解释坐飞机并不危险，不必担心坠机。之后她要照看行李，到了酒店她得去前台办手续，还要让客房服务员送些吃的来，要让饮食习惯像个小孩的莱奥吃得顺口。到了傍晚，她得督促着莱奥做好准备，因为马上就会有人接他去演讲。

"我看该登机了吧！"他叫了起来。

前面候机室的出口，一个年轻女人站在斜面工作台的后面。有几个人已经站起来，收拾好行李拖了过去。

"还得一会儿呢。"伊丽莎白说。

"会误机的呀！"

"才刚刚开始，还得半个小时。"

"他们会不等我们就起飞的！"

"拜托，怎么会——"

但是他已经跳起来去排队了。她交叉着双臂，看着他瘦削的身影慢慢往前挪。终于轮到他了，他出示了一下登机卡，随后消失在通往机舱的过道里。她继续等。十五分钟，二十分钟，三十分钟过去了，仍然有乘客在办理手续。当工作台前空无一人的时候，她站起身来，只用了一会儿工夫就上了飞机。她穿过中间的过道，走到莱奥身边坐下。

"你怎么能这样！我还以为你不来了呢。我正考虑取消这次飞行，但是这里没有人听得懂我说的话，跟谁都解释不清楚。"

她道了歉。

"不必不必，已经够烦的了，我还……你看到前面那两个孩子了吗，多叫人担心。特别是那个小女孩。绿色的眼睛！他们自己坐飞机，也没个大人跟着。"

"真是少见。"她说。

他凝视了她好一会儿。"我这人烦得要命，"他说，"是不是？"

"呃。"

"我叫人难以忍受，是吧！"

她摇了摇头。

"如果你有想回家的念头，我绝对能理解。当然我也跟你一起回家。没有你我可坚持不下来。这件事完全是个错误，我当时不该答应下来，多傻。我们回家吧，马上？"

"拜托，只要一刻钟行不行，安静些吧。"

他不说话了。他确实努力克制着自己，在接下来飞机开始滑行、离开地面冲上天空的十分钟里，他一句话都没说。

他们是一个半月之前在一场沉闷至极的聚会上认识的。伊丽莎白跟他聊了好一阵子才弄清楚，这个不停捏着手指头、眼神飘忽、总望向天花板的男人，虽然举止怪异，却才气纵横，他不是别人，正是作家莱奥·里希特，他的短篇小说内涵丰富，手法变幻，技巧几乎无懈可击。不久前她刚刚读过他那篇关于女医生拉拉·加斯帕德的小说，当然她也读过他那篇最有名的小说，讲的是一位老太太前往瑞士安乐死中心的故事。第二天他们又见了面，当天晚上她便跟他回了他那陈设简陋的家，让她吃惊的是，莱奥在床上居然颇为强势，这让她措手不及。她的指甲掐进了他的后背，眼睛向下一翻，一口咬住了他的肩膀。神耗力竭的几个小时之后，她在清晨时分开车回家，这时她明确地感到，她想再次见到他，甚至愿意在自己的生活里为他留一席之地。

接下来的一段时间，她全方位地了解了他：他会突发焦虑症，会莫名其妙地精神亢奋，会全神贯注地沉浸在自己的世界里，每当这时，只要她跟他说话，他便大惑不解地看着，好像不明白她怎么会出现在他身旁。

另外，其实莱奥对她的职业很着迷：她在为"无国界医疗组织"工作时真的是用降落伞跳下来的吗，一顶真正的降落伞？而且还是在战地？

每当这时她总要转移话题。她知道，他的好奇心源于天性和职业，但是有几件事她却不想说出来。那些事情如果不是亲身经历过，听起来一定像是天方夜谭，何况，言辞不足以描述。那是什么样的感觉啊，你亲手在麻醉剂量不足的情况下截掉一个男人的双腿，不顾一切地拖着他走过炎炎赤日下的田地，就在与待命的直升机只有几步之遥的时候，他却一命呜呼，让你所有的努力都付诸东流。在回程中你发现自己想不起这几天发生的事，记忆出现了空白，仿佛从自己经历的事情中穿行而过，如此急切，如此陌生，仿佛它们完全不属于现实，并因此被记忆无情地拒绝。这些，语言怎么足以描述？多年前，有一位老医生告诉她，经历贫乏的人才喜欢谈天说地，阅历丰富的人会突然间一言不发。不过她知道，莱奥能猜到一鳞半爪。他作品里的一位女主人公拉拉·加斯帕德跟她职业相同，年龄相仿，回想起他对她寥寥几句的外貌描写，她发现她们的外貌也有几分相像。他一定是因此对她产生了兴趣。她常常发现，他用一种近乎科学研究的专注眼神看着她，嘴唇翕动，像是在心里做记录。

几个星期之前，他在美茵茨研究院的一次演讲中谈到：文化正在消亡，却不值得哀悼。抛掉知识和传统的负担，人类会变得更好。这是一个读图时代，是个噪音时代，是神秘黑暗的时代，也许这会永远持续下去——一个宗教概念，竟被科学技术的力量变成了现实。大家都摸不清头脑，这是他的肺腑之言还是讽刺之语，他究竟是个虚无主义者还是保守主义者。恰恰出于这个原因，他的演讲稿被刊登出来，各路作者纷纷发表评论，各地的德国文化研究所邀请他前去演讲。他一时兴起，答应去中美洲巡回演讲，他问伊丽莎白愿不愿意与他同行，她居然不假思索地同意了，甚至连她自己都感到吃惊。

飞机快要降落的时候，莱奥睡着了，但睡得并不踏实。伊丽莎白开始担忧这趟行程：这是他们的最后一站，但莱奥在机场时就会对身穿皮草外套的文化研究院女院长产生反感，会紧紧咬住下唇一言不发地跟伊丽莎白坐进汽车。被检查站拦下来时，他会紧紧抓着她的手。当然没什么事，警察当即挥手放行，但是直到他们到达酒店，他仍然全身是汗，惊恐万分。整个下午，他都会把自己关在他们的双人房间里，直到夜晚来临。他在一间昏暗的报告厅里给二十七个德国人做报告，之后女院长坚持要带他们去城里唯一一家比萨店。吃饭时，她会向莱奥提一些问题，诸如他的灵感从哪里来，他早上写作还是下午写作，等等。夜里有一半的时间他都在吐苦水，在房间里走来走去，咒骂着自己的命运，然后他们搂抱着倒在床上，仿佛是由于万念俱灰而不是出于爱情。早晨五点，她的手机会响起来，告诉她三位她最亲密的同事在非洲被绑架。

"你看到了吗？"莱奥醒了。他拍拍她的肩膀，指指舷窗外面。"真像是一个庞大的幻景。一个点了几百个灯泡的平台。也许我们不是在飞行，也许我们根本就不在这里。都是圈套。不过，如果没有人来接我们，该怎么办？我有一种预感，而且一般情况下我的预感不会出错。你等着看吧。"

文化研究院派来接他们的女士姓拉彭齐尔希。她穿了一件皮草外套，一口龅牙，上来劈头就问莱奥，他的灵感是从哪里来的。伊丽莎白听见自己的手机传出留言提示音。她害怕得大脑一片空白。

他们坐上汽车，上午泛白的阳光下，一栋栋骰子一样的小房子从窗外掠过。店铺的招牌，招牌下挽着水果篮的老太太，天边远处工厂冒出的黄色烟雾。

到了酒店，她给日内瓦中心打了电话。她的同事莫里茨说，形势还很不明朗。虽然那边早已过了午夜，莫里茨仍守在办公桌前。他说联合国爱莫能助，只能期待当地政府插手。他问她，两年前她在那儿的时候，是不是和一位国务卿有些私交？

"是的，"浴室的瓷砖墙将她的声音弹回来，"那家伙是个再坏不过的恶棍。"

"不管他坏不坏，从目前的形势来看，我们只有你这一层关系啊。"

她回到房间里，莱奥坐在床上，面色不愉地看着她。那位拉彭齐尔希女士！那一嘴牙！今天晚上又要上演讲台，真受不了！说着他打开了电视。屏幕上出现昂首阔步的士兵，然后是一个政府官员的脸孔，接着又是士兵。莱奥摇了摇头，像讲课一般大谈特谈这种场景的先验性恐怖：感觉像被囚禁了一样，这块地方就是一个奇特的地狱，凭直觉他再次怀疑自己会在这儿被抛弃。他居然来到了这个地方，一定是发了疯。"看哪，他们走得不齐，不能步调一致！你看见她的牙没有？"

"谁的牙？"

"拉彭齐尔希女士的牙！"

她又走进卫生间打电话。不能让莱奥发现，这件事必须秘密进行。谁知道他会不会走漏风声呢。她打电话给那个非洲国家的国务卿的一个下属，几年前她在一次困境中与此人结识。她拨了六次才打通，信号不好，音质也很差。这个人说，他会想想能做些什么。她连声致谢，挂掉电话之后，她勉强支撑着自己，千万别瘫倒在地蜷作一团。胃很痛，头也痛得像针刺一样。

她回到房间，莱奥正举着座机的听筒跟什么人大叫大嚷。"这样不行！怎么能这样做，不行！"他摔掉听筒，转向她，获胜般地说："是罗布里希。"

她压根不清楚罗布里希是谁，但是从他的神态可以判断，此人一定是文坛的重要人物。

"是关于那个奖。他们差不多都答应我了，可是现在又要反悔，只因为我不希望埃德里希致授奖辞。跟我来这套可不行，这样对待兰柯或者莫伊萨姆也许可以，对我……啊，看哪，看天空！阳光照在被污染的云层上，倒显得很美，不像什么脏东西，反光下的一切都很美。总之我跟他说，此事免谈。如果他明年想让我当评奖委员，就得按照我的规则来玩儿！"

她一屁股坐在床上。一年前她和卡尔、亨利还有保尔在索马里并肩战斗。在最后一天，卡尔跟她说，他实在做不下去了，他的神经承受不了，这种工作是对心灵的戕害。这三个人将会面对怎样的待遇呢？他们会被关在一个暗无天日的房间里，让世界上所有理性的力量都鞭长莫及？她一动不动地躺着，突然觉得自己陷入了一场与四个警察的交谈，这四个警察不知怎的又融合成了一个人，他盘问她童年时的一些琐事，又给她出了很难的算术题。在这个人面前她不能说错一句话。只要说错一句，就会有人丢掉性命。一只手猛地搭在了她的肩膀上，她尖叫一声，吓得跳起来。

"我知道你会半夜做噩梦，可现在是下午啊。你抽抽搭搭的，像个孩子。"

她说她什么也想不起来。他仔细看着她。为了躲避他的目光，她起身去了卫生间，冲了个淋浴。温热的水从头淋下，她努力不去想卡尔、亨利和保尔。他们都是成年人，他们知道自己身处险境，他们能够应付裕如，而不是……是的，他们都是能够照顾自己的男子汉。

拉彭齐尔希女士来接他们了。在去往文化研究院的路上，她讲了一些街头打劫的故事，说这个城市的治安非常糟糕。莱奥兴奋地掏出了笔记本。

研究院里已经有三十二个德国人在等候。莱奥走到讲台前，像之前的每次一样，所有的抑郁与沉重荡然无存，他居高临下，站得笔直，发表关于文化、野蛮、噪音、血腥以及危险的睿智言论——伊丽莎白发现，他已经脱离了讲稿，几天来的经历给了他灵感。他信手拈来，妙语连珠，周身凝聚着一股能量，让人无法转移视线。忽然她的手机振动起来，她只得疾步走向外面的走廊。

打来电话的是国务卿的那位下属，说国务卿不反对进行一次对话。至于进一步的消息要等明天再告诉她。她低声下气地连连道谢，然后给莫里茨打电话。莫里茨说，外交部已经插手，但是不要对那些政客寄望过高，联邦调查局在这个地区的力量很薄弱，他们只能孤军奋战。

待她回到讲堂，莱奥刚刚讲完，听众正在鼓掌。之后他足足签了几十本书，将"您的灵感从哪里来"这个问题回答了三遍。不大会儿工夫，拉彭齐尔希女士便涨红着脸紧张地催促他们动身：总领事在等候贵宾，招待会已经开始了！

"这些人怎么总是问同样的问题？"坐在汽车里，莱奥向她耳语，"总是问我的灵感从哪里来。这算什么问题，叫人从何说起？"

"那你是怎么回答的呢？"

"浴缸里。"

"什么？"

"我说，我所有的灵感都是在浴缸里产生的。这样能满足他们，让他们高兴。看对面，一幅拉尔夫·唐纳的海报。他真是无处不在啊，都跑到世界的另一端了还是躲不开他。我是去年认识他的。少见的花心萝卜！哎呀，那边出什么事了？"他向前探身，拍拍拉彭齐尔希女士的肩膀，"那是怎么了，您看，是不是有人遭抢了？"

拉彭齐尔希女士转头看时，车子已经驶过，看不清楚了。她说，很有可能，这种事时有发生。

莱奥在他的笔记本上写了点什么。

总领事的官邸坐落在一片山坡上，高高在上，下面是城市闪烁的灯火。天幕黑沉低垂，没有星光。穿制服的侍者端着小盘子往来穿梭，到处站着德国人，一本正经，手持酒杯，表情僵硬。

莱奥一到，马上就有五个人将他簇拥到中央，她看不到他是否在用眼神寻找她。他的眼睛因恼怒而闪亮，仿佛一股毁灭性的力量即将如浪潮般从他的身体里涌出，强烈得让每个在场的人都感觉得到。"在浴缸里。"他当即说，"我所有的灵感都来自浴缸。向来如此。"

一个瘦削的男人挡住她的去路，伸出手说："欢迎，本人施蒂肯布洛克。"她愣了一会儿才明白过来他是在做自我介绍。又一个男人走过来，"您好，本人贝克！"第三个人，"塞弗特。曼内斯曼公司。我是曼内斯曼在本地分公司的总经理。"然后他开始长篇大论，说他是在火车上读了莱奥的新作，在从贝布拉到多特蒙德的旅程中，很有意思，是不是？

"是的。"她说，同时仔细看看他的脸上是否有一丝嘲讽、狡黠或是其他什么。

施蒂肯布洛克问她，她丈夫的灵感是从哪里来的。

"您说谁？啊，不，他不是我的……在浴缸里。"

"啊！"贝克惊叹道。

三个人都伸长了脖子。

"他的灵感，"她说，"一直都是从那里得到的。从浴缸里。"

"真有意思。"塞弗特说。

"初次光临本地？"贝克问。

她点了点头。

谈话冷场了。三位先生站在她身边无话可说：气氛僵硬，似乎他们的内心很纠结，像是将自己囚禁了起来，被命运驱逐到一个令人生厌的地方，远离了令人生厌的家。伊丽莎白张张嘴又合上，她想不出该说些什么。她觉得自己是在被迫与洗衣机、消防栓或是机器人交谈，他们根本没有共同语言。这时她的手机响了。这些天来手机铃声第一次让她有了如释重负的感觉。她做了个抱歉的表情，匆匆走出来。

原来是一个查到了她手机号码的记者，追问她绑架一事是否属实。

无可奉告，她说，不过她又告诉对方，如果愿意等到明天，说不定能得到素材。

他不客气地问她，难道她只有这些话可说？再没有别的了？

暂时没有，她说，很遗憾！

刚踏进酒店房间，莱奥就开始大吐苦水，这些人，怎么全都这么弱智！

"他们的生活并不轻松，"她说，"这并不是他们期待的职场生活，谁也不情愿来这里，你以为他们会喜欢这儿？"

她向窗外望去，凝视着悬挂在对面高楼上的巨型海报，拉尔夫·唐纳的脸被放得太大，仿佛被抽离了人类的一切特征。她不由想起了最近读到的一条绯闻：在某家酒店的大堂里，拉尔夫·唐纳被一个女人高声詈骂，还被掴耳光。几个旅行者将这一幕拍了下来，现在在 YouTube 上能找到这段视频。如果卡尔、亨利和保尔被枪杀、砍头、乱石砸死或是活活烧死，恐怕也有机会让人在 YouTube 上一开眼界吧。

"我受不了了！"莱奥说，"你知道我今天被人问了多少次我的灵感从哪儿来？十四次。还问了我九次习惯于上午工作还是下午工作。又有八个人告诉我，他们是在什么什么旅程中读了我的书。这里吃得也很差。下个月我还得去中亚。我不想去。我要取消。"

"你要去哪儿？"

"大概是土库曼斯坦吧。不然就是乌兹别克斯坦。谁记得清啊！哼，巡回讲演。"

"那么你当初为什么要答应呢？"她愕然问道。

他耸耸肩膀，"总得去看看世界呀。我要面对。我并不想逃避危险。"

"危险？"

他点点头。

当然，她的反应未免太强了一点。事后她想，究竟是中了什么邪，他们还从来没有争吵过啊。但是当时她就是控制不住。你到底在胡思乱想些什么，你这辈子从未身临险境，不靠别人帮忙连鞋带都系不上，你害怕蜘蛛，怕坐飞机，火车晚点就觉得受了天大的委屈！你坐在汽车里招摇过市，有一群大小官僚给你撑保护伞，有什么危险可言？开什么玩笑，再也受不了你这样的长吁短叹！

他一言不发，只是静静地甚至好奇地看着她，双臂交叉在胸前。她说不出话的时候才停下来。她的怒火已经平息，四下张望着找自己的箱子。好了，现在我要走了。结束了。

"正该这样！"他说。

"你说什么？"

"就应该是这样。两个人，一起去旅行。她担负起现实的责任，而他幽怨哀啼，不堪忍受。这就是拉拉·加斯帕德和她的新情人的故事。他是个画家，不过……"他沉默了一会儿，似乎在倾听来自心灵深处的声音，"不过她知道，他是个天才。这一点无可争议。"他坐在小桌前，开始奋笔疾书。

她等待着，但是他显然已经忘记了她的存在。她倒在床上，拉起被子蒙住头，只过了几分钟，便睡熟了。

当她醒来的时候，他坐在桌前，看不出他是又坐在那里了还是一直坐着没动。微弱的晨曦穿过窗户，她模模糊糊地记起，夜里他们还是做了爱的。他上了床，扳过她的身子，让她仰卧。在半明半暗中，被子下面的他们精疲力竭，在奇特的激情中合而为一。也许，这只不过是她的梦？她的记忆力是有些问题的，重大创伤后遗症。但是她可没有向他提过，否则他说不定又要拿去派用场。

一直到了机场她才往日内瓦打了电话。莫里茨说，看样子他们三个人还活着，现在正筹集赎金。外交部在当地没有什么可信任的人，他不知道应该让谁去接洽才能放心。"国务卿行吗？"

"如果进展顺利，我今天能跟他通上话。"

"你究竟在哪里？"

"你最好别问了，说来话长。"她放下电话，莱奥已经站在出口等着了，尽管工作人员还没露面。她向他打了个手势，他拼命摇头，招手，叫她赶紧过去。"我过会儿再打给你。"

到达时，文化研究院的里德格特女士在迎候他们。她身穿一件皮草外套，眼镜片厚厚的，盘着高高的发髻，脸孔像干硬的面团。"里希特先生，您的灵感是从哪里来的呢？"

"浴缸里。"莱奥闭着眼回答。

"您写作时是在……"

"都是在下午写的。"

她说了几句感谢回答的客气话。街上蒸腾起湿气，海报墙上一位总统在微笑。红灯时总有半裸着身子的小孩跳到街上要把戏。

"我太累了，"莱奥说，"今天的演讲一结束我马上就回去。"

"这绝对不行，"里德格特女士回答，"大使在等您，招待会规模很大，我们已经筹备了很久。"

在酒店里，莱奥给笔会打了电话，取消了中亚之旅。他说请他们去询问一下其他作家，比如玛丽娅·鲁宾斯坦，那位女侦探小说家，她不久前还跟他说很愿意出去走走。他给玛丽娅发了一条短信：请问能否旅行一趟，相当有趣，可惜我难以成行，请你务必答应，承情之至，拜托，多谢，多谢！发完短信，他冲着伊丽莎白把里德格特女士好一通抱怨：那张脸，那个表情，那副死板板的样子，那份阴沉沉的傲慢，难道还有比这更差劲的人吗？

"有啊，"伊丽莎白说，"有的。"

之后他们做了爱，这一次不是梦：她的牙齿深陷进他的肩膀，一瞬间关于她那被囚禁的同事的思绪都灰飞烟灭。她的手紧紧捂住他的脸，使得他呼吸困难，在那几秒钟里他忘记了抱怨，也忘记了观察。完事之后，他们俩又恢复了本来面目，有一丝尴尬，仿佛他们很清楚，其实，彼此与陌生人相差无几。

莱奥在大使官邸做了演讲。听众是来自工商界和外交界的德国人，大厅里挤满了西装革履的绅士和佩戴珍珠项链的贵妇，而这栋别墅与前一天的那栋一模一样，城市的面貌也差不多，如果不是这里热得多，空气又差，会让他们误以为自己仍在同一个地方。莱奥谈得很随意，头微微向后仰着，眼睛看着天花板。他掩饰得很好，但是伊丽莎白能感觉到其实他怒气冲天。如果办得到，他会判处这里的所有人死刑。莱奥并不是一个善良的人，他不会向人们致以最美好的祝福。如此明显，她再一次问自己，为什么这些人居然没有发觉。她常常意识到，人们往往沉溺于自己关切的事情不能自拔，对近在眼前的事实却视而不见。莱奥讲完以后，听众报以掌声，之后，与昨天如出一辙的噩梦般的招待卷土重来：这位介绍自己是里特先生，那一位是汉宁博士，然后又是里德格特女士，她紧张得脸色苍白，因为大使就站在她旁边拍着莱奥的肩膀，问他的灵感是在哪里诞生的。他是在从柏林飞到慕尼黑的飞机上读了莱奥的新作。

"很有意思。"莱奥说，脸上的表情让人一望便知他在想什么。

大使点点头，"是初次来到本地吗？"

"最后一次。"

"哦。"大使说。

"我想杀了您。"莱奥说。

"乐意服从。"大使说，"相信您有此能耐。"他向里德格特女士微笑了一下，消失在人群中。

这时男男女女站成两列，都来跟他和伊丽莎白握手。他们来自伍珀塔尔和汉诺威，来自拜罗伊特、杜塞尔多夫和贝布拉，一个既高且瘦的绅士来自萨勒河畔的哈雷。过了一会儿，伊丽莎白想，难道这个国家只剩下德国人了吗？

坐在汽车里，莱奥说："重要的是艺术将如何发展，其他的都是宣传和幻想。这话我说过许多次，却没想到原来是真的！"她看到他脸色苍白。"就为这些宣传和幻想做那么多工作，去争取，去操心，完全是在浪费生命。请来一个没有灵魂的人，只是为了互相握手，为闲人提供茶余饭后的谈资。"

坐在他们前面的里德格特女士挥了挥手。

"我毫无恶意！"莱奥大声说，"亲爱的里德格特女士，这只是泛泛而谈。"

这天夜里，仍是在浴室，她终于与国务卿联系上了。她坐在马桶上，把手机紧紧贴在耳朵上。

形势艰难，他用很不流利的英文说，他无能为力。即便有所为也耗费很多。

"财力上的？"

"也包括。"

我明白了，她说，东西已经备好了。我们知道您若插手是什么分量，会有所表示的。

我可没有答应什么，他说，再联系吧。

蹑手蹑脚回到漆黑的房间，她撞到了床头的小桌，一个杯子滚落在地，把莱奥惊醒了。

"我们逃走吧！"

"什么？"

"我明天不去参加外贸协会的招待会了。我要一走了之。我们飞到有金字塔的国家去吧。我一直想去看看金字塔。"

"好啊！"

"他们能拿我怎么样，会告我吗？"他有些迟疑，"他们能吗？我是说在理论上，能告我吗？"

"我想不会。"

"是啊，可是，他们能吗？"

她倒下去，脑袋埋进枕头里。她累得不想回答。她在黑暗中感觉到了他的目光，她也知道他很想摸摸她，但是她累得甚至连"我太累了"这句话都不想说。

　　第二天早晨，他们出发了，乘坐出租车抵达机场，然后搭乘下一趟航班飞往高原。整个飞行过程中，她一再让他放心，告诉他这样做不会引起什么后果，没有人会起诉他，没有人会仅仅因为失约于德国外贸协会就被关进监狱。在他们下方，覆盖着原始森林的青山一闪而过，那是她曾见过的最高的山。

　　"就像当年，"他说，"逃学的感觉。"

　　"你哪里逃过学啊。"

　　"你哪里会知道？"

　　"难道你逃过学？"

　　"人人都会逃学的呀！"

　　"可是，你？"

　　他把脸转向舷窗，直到飞机降落都没再说话。

　　高原地区空气稀薄，令人呼吸困难，每动一下心跳都会加速。灿烂的阳光直射在街上和房屋上，似乎根本没有阴凉之处。待不了几分钟皮肤就被强烈的阳光灼痛。出租车狂按着喇叭行驶在川流不息的路上，她听了一条来自莫里茨的留言。他说，显然当地政府已经介入，但是得不到更确切的消息，据一些传闻说，人质已被释放，可是又有传言说他们已经丧生。他保证一旦有消息马上打电话给她。

他们在最好的一家酒店下榻,雇了一个向导。向导是个大个子,不苟言笑。莱奥打开手机,有七条来自文化研究院的留言。

"我看这次是惹下麻烦了。你怎么看,他们真的不会起诉我?"

只要他再问一次这个问题,她想,我就豁出去了。只要再问一次,我马上坐下一趟航班离开。

但是他没有再问,因为他喘不上气来。他们跟随着呼吸粗重的向导爬上山坡。伊丽莎白的脉搏像击鼓一样狂跳,身体的不适让她暂时忘记了害怕。山路在低矮的草丛中延伸,几棵瘦骨嶙峋的树扎根在山崖之上。突然空中聚起了几朵云,空气一下子变得潮湿,光线也模糊起来,像被折成几百个光段。一时间,大雨如注。

他们冒着倾盆大雨来到金字塔前。雷声在四面的岩石间回荡,闪电在地平线上方纠缠,他们只能分辨出在雾霭中露出头来的三座石塔尖。向导动也不动地站在那里。雨珠顺着他的塑料雨衣往下淌。

"其实,"莱奥说,"我对这些都没什么兴趣。我只是想写作。我会创作。其实我什么都不想看。"

"我可不愿意进入一个故事。"

他看看她。

"不要拿我当原型,不要把我塞进一个故事里,这是我对你唯一的请求。"

"可那根本不是你呀。"

"是我。就算它不是我，其实也还是我。这你很清楚。"

雨停了。几分钟后太阳将云层撕开一个洞，阳光穿透云团照射下来，刹那间，宏伟的建筑群上层层台阶清晰可见。下方的山谷仿佛渐渐下沉，脚下的山脊却向着高空攀升，不知何处传来小溪的潺湲之声。她问自己，为什么自己忽然想哭。

"他们在这里杀过人。"莱奥说，"杀了成千上万的人。每个月都杀。"

"杀戮并未从这个世界上消失，"向导面无表情地说，"只要闭上眼睛，就感觉得到。"

"您是在哪里学的德语？"

"海德堡大学。人类文化学。四年半。"

就在此时，她的手机响了。

走向死亡的罗莎莉

在我笔下的所有人物中，她是最聪明的一个。大约七十年前，罗莎莉还很小，是个好学生。后来，她从女子师范学校毕了业，教了四十年书。她结过两次婚，三个女儿已经长大成人。现在她是个寡妇，领取丰厚的退休金。对待某些事情，她从来不抱幻想，因此，当医生上星期告诉她，她得了胰腺癌并且无法治愈的时候，她丝毫没有震惊。

"您一定想知道真实情况。"他这样说。看他的表情，仿佛把她当成个孩子，一个很为自己能得到成年人的信任而骄傲的孩子。"不过有个好消息，到最后的时刻才会剧痛。"

她几乎很轻松地就接受了这个现实。她并没有经历众人皆知的那七个阶段。没有愤怒，没有否认，没有接受事实前漫长的挣扎——只有一段无法相信的短暂过程，然后，经过了伤心欲绝的一夜，第二天早晨，她开始上网搜索一家她有所耳闻的瑞士机构，它可以帮助患者早日一了百了。

也许您知道，确实存在这样一个机构，这并不是我的杜撰。它位于苏黎世郊区，至于它的名字，一位律师忠告我最好不要提起。在瑞士有好几家提供安乐死的组织，而这个机构是其中名声最响亮的。如果您还没有听说过它，那么您可以留意一下——即便只是在一个故事里，也是可以学到些东西的。申请者必须成为该机构的会员，必须交纳一笔为数不小的会费，并且寄去医生的诊断书，然后由该机构的医学专家来鉴定患者是否已经毫无生存的希望。这之后患者就可以动身前往该机构唯一的所在地，所谓的临终住所就在那里：一个摆有沙发、床和桌子的房间，桌子上有一杯义工事先放好的戊巴比妥钠。患者把它喝下去。自己动手，自愿进行。

说到死亡，这吓不住罗莎莉。她第一任丈夫的一个侄子是开枪自杀的，他事先并不知道自杀这件事不容易，而且往往有人能死里逃生。由于开枪的角度不对，他又苦挨了几个星期，而且失去了下颌。她的女友罗蕾有个妹妹，四次吞服安眠药企图自杀。每一次都增加剂量，但每次都会醒来，沾染一身的粪便和呕吐物。人的肌体是强壮的，当预感到黑暗即将到来的时候，生命力会变得更强大。罗莎莉的侄儿弗兰克，拉拉·加斯帕德的兄弟，十一年前自缢而死，脖子被勒得发乌，天花板上还留着深深的抓痕。若是有专门人士协助，便不会这么痛苦。在短暂的内心挣扎之后，罗莎莉拿起了电话。

接电话的是一位叫弗雷塔格的先生。他很有礼貌，话音低沉，节奏感强，显然对类似的谈话很有经验。

我要提一句，弗雷塔格先生这个人是我的杜撰。我没有给这家机构打过电话，并不知道接电话的会是什么人，会说些什么。我本来很想一探究竟，但是一丝若隐若现的畏怯一再阻止我，让我觉得自己好像要做什么不正经的勾当，好像是为满足个人的愉悦而招引魔鬼。更何况我并不是那种纠缠于事实的作家。那种作家在细节调查中感觉乐趣无穷，就算是某个人物无意漫步时经过的某个商店，他们也要在书里给它一个正确的名字。但是我对这些完全不在意。

"非常简单。"弗雷塔格先生说。这是地址，这是传真号码，只要将医生诊断书发来即可，我们会立刻安排一位精神病科医生跟您谈话，来测试一下您的精神状况。之后我们会把入会资料传真给您，等您将资料发回，就可以约定日期。是不是……他第一次迟疑了一下，是不是时间很紧？

医生说，罗莎莉回答，我没有几个星期了。

在这种情况下我们可以提供加急服务。

弗雷塔格先生的声音一直很平静，同时充满关爱。他确实做得非常好。怎么会做不好呢，罗莎莉想，他本来可以在别的地方赚更多的钱，也许他是出于真正的使命感才做这份工作吧。她办完了手续，心里甚至浮起了感恩之情。

这天夜里她做了梦。多年没有这样做过梦了。血管火辣辣地刺痛，内心激荡得让五官都在发烫，醒来后回味梦境，她几乎被震惊：梦里有很多人，很喧闹，还有过度热情的拥抱。她五十年来都没有想起过的一些人也忽然出现，那是些仿佛已经永久消失在回忆里的人。也许能回忆起她的人也都不在人世了。都过去多久了啊，确实该轮到她了吧。

尽管如此，她仍无法完全屈从于命运。因此，一早她就来找我，请求我放过她。

罗莎莉，这我管不了。我做不到。

你怎么会做不到，这是你写的故事啊！

但它讲的是人生的最后一段路程。如果故事不这样发展，关于你我就没什么好写的了。这个故事——

它可以向另一个方向发展啊！

我想不出还有什么其他方向。没有适合你的。

然后她翻了个身，就再也睡不着了，直到天亮。这倒不是什么不寻常的事情，她上一次睡个好觉已经是二十五年前了。

接下来的几天仍像平常一样，仿佛她还有的是时间。恐惧感渐渐消失了，或者更确切地说，恐惧感仍有，但已经失去了锋芒，成为一种四平八稳的压力，这跟随她已久，几乎与她合而为一，让她几乎想不起无痛是什么滋味，是否与胃痛无甚区别。人活到七十岁之后，生活便是这样：这里刺痛，那里灼痛，所有的关节总是不舒服，感觉僵硬。

她决定对她的两个女儿守口如瓶。她们早就盼着她死了，这一点必须实事求是。她相信，她们一定很详细地讨论过由谁来安排丧葬事宜，把她葬在哪里。她们有几次像是履行义务般地恳请她理智一些，最好住进养老院，但是那时罗莉莎的自理能力还说得过去，而养老院的费用又着实很高，于是她们的恳求还是不了了之。事到如今，何必给她们添麻烦，全家相聚又有什么意义，大家涕泪滂沱地拥抱，说些告别的话吗？还是从苏黎世发出一封简述事实的信件，通知她们盼望已久的事情终成事实，这样岂不是好得多，清净得多。

她约了两个最好的女友，罗蕾和西尔维娅，一起喝咖啡，吃蛋糕。这三位暮年女人常常下午一起坐在城里最好的甜点店里，随意谈论孙辈。从某个年龄开始，大家就只聊聊家长里短了。政治和艺术变成了有些抽象的话题，似乎与己无关，还是移交给年轻一代吧。而属于自己的回忆，忽然变得过于私人化，不好拿出来分享。那就只能聊聊孙辈了。其实没有人对别人的孙子孙女感兴趣，但都仔细听别人说，似乎这样才有权谈论自己的。

"宝莉会说话了。"罗蕾说。

"海因诺和路比都上幼儿园了，"西尔维娅说，"幼儿园老师说，路比画画棒极了。"

"宝莉画得也很好。"罗蕾说。

"托米爱玩官兵抓强盗。"罗莎莉说。另外两个都点点头，尽管她们与罗莎莉相识三十多年，但都没问过托米是哪个。其实根本没有托米这么个孩子，是罗莎莉编造出来的。她不知道自己为什么要这样做。她也不清楚现在的孩子是不是还玩官兵抓强盗，说这话好像她很落伍似的。她打算下次问问自己那真实存在的外孙，但忽然想起，她再也不会有机会见到他了。她的喉咙哽住了，一时说不出话来。

为了转移思绪，她看向墙上的金边镜子。这真是我们吗，这样的小帽，鳄鱼皮包，化着浓妆的面孔，夸张的手势，滑稽的衣服？怎么会这样？刚刚我们还像周围的人一样，知道应该怎么打扮，发型也并不古怪！罗莎莉想，这正是为什么人人都喜欢那个特立独行的女侦探马普尔小姐——她体现的是现实的对立面。老太太是破不了谋杀案的。她们对这个世界不感兴趣，也不愿意去弄明白世界上发生了什么。每个还没走到这个年龄的人都认为自己不会变成这样，而我们也曾经这样想过啊。

她们互相告别。在这里坐了将近一个小时，还要走很长的路回家，这让她们三个有些发怵。罗莎莉站起来时又往镜子里看了一眼：夏天，却穿着厚外套，没有下雨，却戴了防水雨帽，怎么，手提包这么大，里面并没有放什么啊。就连这身装扮也在暗示她是个多余的人，一具行尸走肉，只算得上是生命的残余物。她们很快会跟上来的，她想，一边亲吻了西尔维娅和罗蕾，祝她们的孙辈万事如意，祝她们别犯腰痛病，然后向马路对面走去。

她没有看到汽车过来。以前她甚至闭着眼睛走在这条街上，根本不必考虑什么，她完全可以照顾自己。汽车喇叭一声怒吼，吱的一声，一辆红色大众停住了。司机摇下车窗大吼大叫着什么，但是她只管向前走，此时另一边又嘎吱一声，一辆白色的梅赛德斯－奔驰猛地刹住，刹得过猛，向一边打了滑，于是她看到了只在电影里见过的场景。她不动声色地继续向前走。一直走到对街，心脏才开始狂跳，人也有些眩晕。几个路人站在那里。这样做当然也行得通，她想，这样更省事，省得去苏黎世了。

一个小伙子抓住她的胳膊肘，问她，没事吧？

"没有，"她说，"一点事都没有！"

他问她知不知道自己住在哪里，知不知道怎么回去。

瞬间她脑海里闪过了好几个俏皮的答案，但是她明白，现在还不是时候。于是她让小伙子放心，她什么都知道。

回到家里，电话答录机上的小灯在一闪一闪。是弗雷塔格来电通知她，他们已经接受了她的诊断书。突出其来的恐惧让她惊醒，原来直到此时她还指望被拒绝，指望有人告诉她完全弄错了，她根本没患绝症。她拨回电话，短短一刻钟之后，他帮她转接到一位言语客气的精神病科医生那里。

可惜她不怎么听得懂医生的口音。这些瑞士人是怎么回事，她想，他们什么都能干，怎么就做不到像正常人一样说话呢？她讲了讲自己年轻时候的事，说出了美国、法国和德国总统的名字，描述了一下外面的天气，计算出了 15+27、12+30、40+251 的结果，解释了乐观与悲观、灵巧与笨拙的区别。还有吗？

"没有了，"医生说，"谢谢。很清楚了。"

罗莎莉点点头。做加法运算时她尽量不让自己回答得太快，拖延了片刻，免得被误认为有人在旁边帮忙。解释词意时也尽量言简意赅。她是教师，以她的经验，最重要的是不要引人注意。考出好成绩的人总会引起怀疑，有作弊之嫌。

这时候电话那头又换成了弗雷塔格先生。他说时间紧迫，请她下个星期就来。"您星期一来行吗？"

"星期一，"罗莎莉重复了一遍，"有什么不行的。"然后她给旅行社打电话，咨询飞往苏黎世的单程航班。

"单程机票的价格贵些，您买往返的吧。"

"好的。"

"回程定在什么时候？"

"随便。"

"我建议您不要这样，折扣最低的返程机票是不能更改航班的。"服务人员彬彬有礼，耐心好得出奇，和老太太讲话时人们的耐心莫过于此了。"您再考虑一下吧。您想什么时候回来？"

"我不想回来。"

"可您总会回来的。"

"我看我还是订单程机票吧。"

"我也可以帮您订不确定日期的返程机票，不过这样会贵一些。"

"比单程机票贵？"

"不比单程机票贵啊。"

"这样符合逻辑吗？"罗莎莉问。

"什么？"

"这不合逻辑。"

"尊敬的夫人……"他轻嗽一声，"我们是旅行社。机票价格不是我们定的。我们也不知道它是怎么定的。我女朋友在一家航空公司做空姐，连她都不懂。最近有一趟飞往芝加哥的航班，它的商务舱居然比经济舱还便宜。当时那位订票的客户想知道原因，我说：尊敬的夫人，我一开始思考这类问题，就会晕头转向，请您去问电脑吧，我也得问问电脑呢。每个人都得去问电脑，就这么回事！"

"提到价格问题一向如此吗？"

通过他的沉默，她发现他并不想为此费脑筋。她已经多次注意到，三十岁以下的人没兴趣搞明白事物的原因。

"那好吧，我要单程票。"

"您确定吗？"

"当然。"

"要商务舱？"

她沉吟了一下。这不过是一次短途旅行，干吗要浪费呢！"要经济舱。"

他嘴里嘟囔着什么，打字，嘟囔，打字，过了漫长的一刻钟，他给她出了票。遗憾的是，他说，他不能通过电子邮件将机票发给她，因为电脑出了故障，对此他无能为力。所以他只能通过快递将机票寄给她，这样费用会高一点。

"就这样办吧。"罗莎莉说。她实在有些不耐烦了。

她挂掉电话，恍然惊觉对这世界她已经了无牵挂。很久以前她就想叫工人来修理的漏水的水龙头。浴室里的水渍，还有那个总是虎视眈眈抬头看着她家窗户、似乎意欲打劫的邻居小伙子——一切都不再重要，让别人去操心吧，或者，谁都不用操心，一切都过去了。

当晚她拨了个电话，给她唯一想吐露心事的人。"你在哪儿？"

"旧金山。"拉拉·加斯帕德说。

"你那边的电话费很贵吧，是吗？"多么奇怪，如今人们可以彼此联系，却不知道对方身在何处，似乎自己已经脱离了原来的空间。这让她有些悚惧，同时却也高兴能与聪慧的侄女说说话。

"那不算什么。你怎么了？声音很奇怪呢。"

罗莎莉咽了口唾沫，然后把事情说了出来。忽然间她觉得这一切很不真实，像是一出与己无关的戏，又像是编出来的故事。

她不知道还该说些什么。奇怪的是她觉得很难堪。她困惑地沉默着。

"我的上帝。"拉拉说。

"你觉得我做得不对？"

"是有些不对。但是很难说究竟是哪里不对。你一个人去吗？"

罗莎莉点点头。

"别这样，我跟你一起去吧。"

"这怎么行。"

有那么几秒钟，她们俩都沉默着。罗莎莉知道，如果自己更加恳切地请求，她会让步。拉拉也知道罗莎莉知道这一点。但是罗莎莉也清楚，拉拉并没有这个勇气，至少此时在这样突兀、这样猝不及防的情况下，她做不到。因而，她们俩都装出无能为力也没必要争论的样子。

之后她们谈了很久，内容颠来倒去地重复，停顿的时间越来越长，她们谈到生活、童年、上帝和临终的事务，罗莎莉好几次都觉得自己真不该打这个电话，应该干脆地挂断，可她同时又在拖延，她实在舍不得。不知何时拉拉开始低声呜咽，于是罗莎莉向她道别，觉得自己异常勇敢而镇静。谈话从头开始，她们又聊了一个小时。这是个错误，罗莎莉想，不该和别人说，不该给别人造成负担。这正是问题所在，聪慧的侄女也明白。这件事应该独自承担，否则就别做。

周末过得很轻松，轻松得不寻常。只是她的梦依旧纷扰，梦里全是人、声音和事件，仿佛有一个藏在她心里的世界意欲暴露在天光之下，告诉她，她并不像白天自认为的那样淡定。星期一早晨，她开始收拾行李。她必须让自己的一举一动像个正常人，她觉得不带行李就出门旅行是一件很别扭很奇怪的事情。

在乘出租车前往机场的路上，一幢幢房屋从身旁掠过，初升的太阳在屋顶上玩耍，此时，她又做了一次努力。还有没有机会？她问我。一切都掌握在你的手里啊。让我活下去吧！

这不行，我有些烦躁，罗莎莉，在你身上发生的故事就是你的使命。我正是为此才创造了你。从理论上讲，我可以干预，但若那样一切都将毫无意义！也就是说，我同样无能为力。

胡说，她说，这是借口，总有一天会轮到你，到那时你也会像我一样苦苦哀求。

那是另一回事！

到那时你也会疑惑，为什么连你都不能例外。

这不能相提并论。你是我创作出来的，而我……

怎么？

我是真实的！

是吗？

相信我。不会痛苦的，至少这一点我可以负责，我向你保证。我的故事——

对不起，我要给你喝倒彩。也许这根本不会成为一个精彩的故事!

我气得说不出话来，为了让她免开尊口，我让她在几分钟后就到达了机场——汽车以不真实的速度飞驰，街道模糊成一堆色彩，她下了车，办理登机手续的柜台前没有长长的队伍，安检口前也不需要等候，她已经坐在登机口前，周围是吵吵嚷嚷的孩子和一些商人，而她弄不清楚这些都是怎样发生的。我们的交谈被转移到她的意识深处，她再也无法确定我是不是真的与她讲了话，或许我的回答根本就是她的臆想。

飞机晚点。所有的飞机都晚点，向来如此。这一点我无法改变。罗莎莉坐在候机厅里。阳光透过窗户，绵软地抚摸着一切。在此之前，她并不害怕，然而此时，她忽然被恐惧凝结成了一座石像。

恰在此时有了动静。广播里传出飞往苏黎世的航班开始登机的通知，罗莎莉站起来，有一位乘客问她是否需要帮忙。她并不需要帮忙，但是，为什么要拒绝别人的援助与好意呢? 于是，她被那人搀扶着上了飞机。

很走运，她的座位靠窗。她决定一秒也不虚度，她要看向外面，好像她能把这一切都带走。多好啊，临终前还可以飞越阿尔卑斯山。飞机在跑道上滑行，发动机隆隆地低吼。

飞机降落时的惯性让安全带往后一勒，罗莎莉醒了。耳朵里作痛,她揉了揉额头。难道她在整个飞行期间……她简直不能相信。外面灰蒙蒙的天空下，一条跑道从眼前掠过。是真的，她完全睡过去了。

"我们已经到了吗？"她问邻座。

他摇摇头："这里是巴塞尔。"

"怎么？"

"苏黎世大雾。"他看着她，仿佛这都是她的错，"我们只能在巴塞尔降落。"

罗莎莉呆呆地望着前座的靠背，努力思索。这是怎么回事？这是个意外的转折点吗，会拯救她的生命？是我干预了吗，让旅行中断？

但是，罗莎莉，我答道，你得了癌症，总归是要死的。即使你中断这次旅行，也救不了自己的命。

但可以让故事换个写法啊，她说。我可以在两个星期里发现生命的意义，我会去做一些以前从没做过的事情。这可以是一个讲人们不懂得珍惜眼前，应该怀着白驹过隙的紧迫感来生活的故事。这可以是一个很积极很……应该怎么说？

赞美生命。一个赞美生命的故事。

可以是这样的一个故事呀！

罗莎莉，航空公司会提供给你两个选择。一张转乘机票——但是时间不确定，因为苏黎世的雾还很大。一张火车票——确保你可以按时赶到。你将接受这张票。这不是一个赞美生命的故事。只能是一个神学故事。

为什么？

我没说话。

但是，为什么？她又问了一遍。你是什么意思？

我没说话。

"拜托，"罗莎莉的邻座说，"没有那么严重啊。您会到苏黎世的，一点儿都不远了。根本用不着哭嘛。"

走到飞机舱口时，她已经平静下来。一个航空服务员在给嘴里嘟嘟囔囔抱怨着的乘客发票。罗莎莉当真决定了去坐火车。由于她年纪衰迈，航空公司派了一位工作人员开车把她送到了火车站。火车已经进站了。"当心台阶，"小伙子说，"当心，这儿有个间隙，当心，还有一级台阶。您愿意坐在这里吗？您慢点儿。"

只一会儿工夫，火车就飞驰过山丘起伏的绿色原野。罗莎莉想，这一次，我一定不会睡着。

当火车停靠在某个乡间小站的时候，她醒了。雾气低垂在丑陋的房屋顶上。站台上有一个孩子在哭闹，做妈妈的站在一旁直瞪瞪地看着，像是踩到了一堆粪便。罗莎莉搓了搓脸。广播里传来列车员的声音：前方发生事故，有人员伤亡，请各位旅客下车！

"有个人自杀了。"一个男人起劲地说。

"跳到铁轨上了，"一个女人说，"火车把他碾碎了。尸骨无存！"

"也许还剩下一只鞋，"男人说，"在很远的地方被发现。"

大家纷纷下车。一个男人搀扶着罗莎莉下到站台上。现在她站在了蒙蒙细雨中。她茫然地走进车站餐厅。墙上的圣母像在微笑，旁边是一位将军的黑白照片，再旁边的照片里有个手拿尖镐的登山向导。房间里有四面瑞士国旗。咖啡十分难喝。

"亲爱的夫人，请问您是否打算去苏黎世？"

她抬眼看去，邻桌坐着一个瘦削的男人，戴着角框眼镜，头上抹了发油。罗莎莉在火车上见过他。

"如果您要去，我或许可以送您。"

"您有汽车？"

"亲爱的夫人，这里有很多汽车啊。"

她惊讶得说不出话。不过，这对她有什么损失吗？于是她点了点头。

"看来您是愿意与我同行的喽。那么，我看我们的时间已经很紧了。"他夸张地掏出钱夹，为她付了咖啡钱。然后他走到衣帽架前，取下一顶深红色鸭舌帽，颇有风度地将它戴正。"请原谅我无法服侍您，因为我腰部疼痛。请教尊姓？"

罗莎莉介绍了自己。

他拉起她的手，将嘴唇贴在上面，她本能地抽了回来。"深表荣幸！"他并没有告诉她自己的名字。他站得笔直，动作灵巧，看上去不像是腰痛的样子。

她随他走到了停车场。他走得很快，头也不回，她几乎跟不上他。他若有所思地在一辆辆汽车前驻足，歪着头，抿着嘴唇。

"您看这辆车如何？"他停在一辆银色雪铁龙前面问她。"我觉得这辆很合适。"他看了一眼罗莎莉，像是要她确认。她稀里糊涂地点了点头，他便弯下腰来开始鼓捣车门，只一秒钟，车门便弹开了。他坐了进去，试着发动汽车。

"您在做什么？"

"亲爱的夫人，您不想上来吗？"

罗莎莉迟疑地坐到了副驾驶座上。发动机转动起来。"这是您的车吗，还是您刚刚——"

"这当然是我的车，亲爱的夫人！您不是想要侮辱我吧？"

"但是您这样点火——"

"这是一种新的专利技术，很复杂呢。您往后靠一靠吧，时间不会太久，尽管我无法全速行驶。雾还很大，我可不想让您冒什么风险。"他嘻嘻笑了起来，一阵寒战从罗莎莉背上掠过。

"您究竟是什么人？"她声音沙哑地问。

"一个友善的人，亲爱的夫人。一个追寻者，一个帮手，一个旅人，一个影子，一个兄弟。应该是什么人，就是什么人。"

此时他们已经上了高速公路。护栏在车外闪着光，车子飞驰，罗莎莉紧紧靠在柔软的皮座椅上。

"有一个古老的谜语，"他瞟了一眼罗莎莉的脸，"早上四条腿，中午两条腿，晚上三条腿。多么深刻啊，亲爱的夫人。"他打开收音机，嗡嗡的阿尔卑斯号角响起来，背景乐是阿尔卑斯山歌。他跟着音乐吹口哨，又在方向盘上打拍子，但完全跟不上节奏。"一枝会思想的芦苇^①，尊敬的夫人，一枝会思想的芦苇，这就是人，还能是别的什么吗！我会把您送到目的地，完全不求回报。您大可不必担心。"

现在你总该行动了吧，罗莎莉对我说，让你的故事烂掉吧，谁会对这种东西感兴趣，世界上有那么多故事，何必再多一个；你是可以救我的，甚至可以让我返老还童，这对你来说不费吹灰之力呀！

她险些就要让我心软了，但我正为别的事情焦虑，令我不安的是，我根本不知道那个手把方向盘的家伙是谁，是什么人将他创造出来的，他怎么会跑到我的故事里来？按我的计划出现的应该是一个小男孩和一辆自行车，还有一个摩托车队，一个从哥伦比亚来的退休棺材匠，还有一只具有重要象征意义的小狗。它们在我的草稿上占二十页，相当精彩，此时却不得不丢弃了。

他们已经经下了高速公路，面前是苏黎世郊区的房屋、小花园、牛奶广告、更多的小花园和背着大书包的小学生们。突然，他一脚踩下刹车板，跨步跳到街上，绕过车头，为罗莎莉拉开了车门："亲爱的夫人！"

她下了车。"到了吗？"

---

①原文为法语。这是哲学家布莱士·帕斯卡的名言："人只不过是一枝芦苇，自然界中最脆弱的东西，却是一枝会思想的芦苇。"

"当然！"他很古怪地深深鞠了一躬，胳膊软塌塌地垂下来，手背碰到了湿漉漉的地面。他就那样僵了几秒钟，随后直起身子。"要坚决。您拿定了主意就要坚决，要好好想想我的这句话。"他转过身，大步走开了。

"您的车！"罗莎莉喊了起来。

但是他已经转过街角，消失了，那辆被丢下的雪铁龙，仍闪着车灯，大敞着门。罗莎莉眨了眨眼睛，写着街名的路牌猛地撞进她的眼帘，如释重负中夹着一丝惊惧，她发现，那人把她放在了错误的地方。

她伸着胳膊，在雨中站了好一会儿，身上越来越湿，觉得自己处于难以言表的惨境。终于，有一辆出租车停了下来。她上了车，说出正确的地址，闭上了眼睛。

让我活下去吧。她最后一次努力。你的故事，把它丢到一边去吧。只求让我活下去啊。

你陷入幻想无法自拔了，你以为你当真存在。我回答。你是由词语构成的，由模糊的画面和几个简单的想法组合，而这些都属于别人。你说你很痛苦，但这里并没有痛苦的人，什么人都没有！

你真是个滑头，你他妈的见鬼去吧！

一时间我说不出话来。我不知道是谁教她这样说的。这与她不相称，这会破坏整篇故事的风格，这会破坏我的作品。请你冷静些！

我不愿意。我很心痛。有朝一日你也会这样，也会有人对你说你不存在。

罗莎莉，这就是区别，我是存在的。

是吗？

我有性格，我有感情，我还有灵魂，也许它并不能永生，但它是真实的。你笑什么？

司机转头看看，耸了耸肩膀。人上了年纪总是有些古怪。雨刷器来回摆动，雨水从水洼里溅出来，伞下的行人呆呆地看向前方。最后一程，罗莎莉小声说，这让她觉得壮烈而虚幻。无论人怎样度过一生，她想，守候在终点的，永远是恐慌。现在能做的只有让那点时间流过。她面前还有二十分钟，每一分钟被六十秒填满，真是漫长，时钟还要嘀嗒上千次，还没有真正完结。

"到啦！"司机说。

"已经到了？"

他点点头。她忽然想起自己并没有兑换钱币，她身上没有瑞士法郎。"请等一等，我马上就回来。"

她下车时并没有想到，她的最后一桩罪愆居然是拖赖车钱。但是生命就这样纠结肮脏，此时也谈不到什么责任。眼前是门铃按钮牌，上面写着这家机构的名字，它仿佛意味着什么，但不是死亡。门铃一响，门马上嗡嗡地开了。

电梯很旧，铰链轧轧地呻吟着，电梯上升时她意识到，直到此刻她都不相信自己会迈进这栋房子。电梯停下了，门滑向两边，仿佛是为了阻止她摁下按钮再度降至楼下。一个头发中分的瘦削男人像是从天而降："您好，我是弗雷塔格。"

现在该怎么样？

我知道，我应该全方位地描述罗莎莉怎样穿过前厅走进那个房间——她即将死去的地方。我应该提到那张桌子、那把椅子、那张床，我应该描绘家具是多么破旧，壁橱上的灰尘是多么厚，一切衰败得不像有人居住，仿佛这是影子的而不是人类的居所。当然还有摄像机，我应该谈到摄像机，它用来记录病人怎样自愿服毒，证明一切并非逼迫，以此作为法律保障。我应该形象地描写罗莎莉怎样坐下来，双手扶头，向着窗外雾气氤氲的天空投去最后一瞥。她的恐惧感是怎样屈从于虚弱感，她怎样——劳驾，这儿，这儿，还有这儿，尊敬的夫人——在文件上签字，最后，那个盛着毒药的杯子又怎样被端到她的面前。我应该讲清楚她是如何把它端到唇边的，我应该进一步深入把握她那既抗拒又渴望的心境，她正是怀着这样复杂的心情看了一眼那杯毒液，我应该描写她短暂的犹豫，毕竟她还可以回头，即便她选择的是充满痛苦与厌恶的日子，她仍然可以做出与喝毒液相反的抉择——然而她勇敢地向前走得太远了，她已经站在了门槛边，哪儿还有退路啊。我还应该描述她最后一次澎湃的回忆：在波澜不兴的海边嬉戏，母亲湿润的双唇，躲在晚报后面的父亲，学校里同桌的女孩，还有那个她之前从未想念过的男孩，甚至外婆家笼子里那只会清楚地说几个字的鸟儿。可以说，在见到这只鸟后的七十二年里，再没有什么像这只会说话的鸟儿一样吸引过她。

是的，这样就能成为一个精彩的故事了，虽然有一点感伤，但是可以用幽默的笔法来冲淡哀思愁绪，可以用哲理来平衡残酷的意味。我已经有了完整的构思。那么现在，该怎么办呢？

现在，我把它毁掉了。我扯开幕布，我要现身，我出现在弗雷塔格身旁的电梯门前。他不知所措地看了我一秒钟，脸色变得煞白，像一粒灰尘般消失于无形。罗莎莉，你恢复健康了。只要我们愿意，还可以返老还童。从头再来！

她还没来得及回答，我便消失了，电梯轧轧响着下行，她站在里面，当她在镜中看到一个二十岁的女孩时，还没有明白这是怎么回事。不太整齐的牙齿，稀薄的头发，细长的脖子，她从来都不是个美女，我还不能赠予她美貌。再说，何必呢！美丽与否在此时毫无用处。

谢谢。

啊，我疲倦地回答，话别说得太早。

她猛地拉开大门，迈开已经不再疼痛的双腿跳到街上。身上的衣服让她显得怪模怪样：一个年轻女孩，穿得却像个老太太。出租车司机没有认出她来，也就没有拦住她，她的车费仍没有支付，司机还会在这里等半个小时，看着不断跳动的计价表越来越心急，最后跑进房子敲遍所有房门。这家机构的负责人会告诉他，他们确实在等一位老夫人，但是她并没有如约前来。于是他骂骂咧咧地走了，这天晚上，当他吞下老婆做的难吃的饭菜时，他比平时更加寡言少语。他已经计划了很久，要把老婆杀掉，下毒，用刀或是双手，但是今天他决定实施这个计划。不过那是另外一个故事了。

罗莎莉怎么样了呢？她大步流星地走在街上，高兴得晕晕乎乎，一时间让我觉得自己做了一件功德无量的善事，少一篇小说也没关系。然而同时，我又不能否认，我产生了一个荒谬的愿望：希望有朝一日也会有人对我做同样的事。因为我与罗莎莉一样，我不能想象自己得不到任何人的关注而一无所是，不希望在无人理会的角落里结束我那半实半虚的生命——就像现在一样，当我彻底离开这个故事，罗莎莉也就烟消云散了。从此刻开始，没有面对死亡的挣扎，没有痛苦，没有过渡，只剩下一个穿着古怪的困惑的女孩。而现在，只剩下一丝微风，一个只能持续一秒的音调，一件在我和您的记忆里逐渐褪色的往事——倘若您会读到这个故事。

余下的，假如还余下什么，就是这雨中的街道。雨水从两个孩子的雨披上滑落，对面一只狗抬起一条腿来，一个疏通下水道的工人正在打哈欠，三辆挂着外地牌照的汽车拐过街角，它们似乎来自很遥远的地方。来自陌生的现实世界，至少，来自另一个故事。

出路

三十九岁那年的初夏，演员拉尔夫·唐纳觉得很不真实。

连续很多天，他连一个电话都没接到。多年的朋友从生活里消失，工作计划毫无来由地没有进展，一个他竭尽所能呵护的情人声称他在电话里对她恶语相加，而另一位情人卡拉则突然从一家酒店的大堂里冒出来，参演了他一生中最难堪的一幕：三次，她向他大吼，你三次和我失约！一群人停下来笑嘻嘻地围观，还有几个用手机拍了视频，卡拉暴打他的时候，他意识到这一幕一定会被放到互联网上，风头甚至会盖过他最精彩的电影。事后不久，他的过敏症发作，他不得不送走他的牧羊犬。苦恼之下，他闭门不出，画了一些羞于示人的画，买了一些中亚蝴蝶翅膀花纹的图册，又读了一些拆卸与组装钟表的专业书籍，不过毫无亲手尝试一次的念头。

他白天开始频繁上谷歌搜索自己的名字，修改维基百科里错漏百出的关于他的词条，检查所有的资料库里自己扮演过的角色的名单，吃力地翻译西班牙语、意大利语和荷兰语论坛上的网友意见。那些陌生的影迷在争论，他是不是当真在多年前与他的兄弟分道扬镳。事实上他从来没有伤害过他的弟弟。他一条一条浏览他们的帖子，就好像那些观点会向他解释为什么他的生活成了这个样子。

在 YouTube 上，拉尔夫·唐纳发现了一段视频，那是一个很出色的模仿者的表演片段：那个人的外形几可乱真，连声音和表情都与他酷似。这段视频的右边是他本人的视频链接：有他出演的一些电影的片段，还有两个访谈，当然还有与卡拉在酒店大堂里的那一段。

这天晚上他跟一个他追求了很久的女人出去了。但是当他们面对面坐下来时，他忽然觉得自己实在装不出对她的废话兴致盎然的样子。其他桌客人的眼神、窃窃私语和探头张望都比平时更让他心烦。当他们俩站起身离开餐馆的时候，有个男人拦住他们，羞怯但坚决地向他索要签名。

"我不过跟他长得很像。"拉尔夫说。

那人将信将疑地看着他。

"我就是干这个的。我是个专业的模仿者！"

那人让开了路。几分钟后，坐进出租车里的女人仍在咯咯地笑。她觉得他的回答真是机敏过人。

这天夜里，他看着床边灰蒙蒙的镜子里两个赤裸的影子合而为一，恨不得穿过这光滑的镜面越到另一边去。第二天早晨，他听着她在身边发出的匀净呼吸，觉得有个陌生人在这个房间里迷了路，当然，那个陌生人不是她。

很久以前，他便起了疑心：拍电影过度消耗了他的脸孔。难道每次拍片时出现的却是另一个人，一个硬变成他模样的不太成功的替身？成名多年之后，他觉得自己被留下来的只是一部分，只为了出现在适合他的地方：电影和无数的照片里。似乎真正需要他自己做的只剩赴死了。他那尚在呼吸、会感知饥饿、为种种原因四处奔忙的躯体，终有一天会彻底了断，再也不来打扰他——那是一个与大明星并不相称的躯体。繁重的工作、化妆、花钱、训练，所有这些只是为了让他与银幕上的拉尔夫·唐纳一模一样。

他给他的经纪人马尔扎赫打了电话，取消了前往瓦尔帕莱索电影节的计划，然后就出门去了郊外一家名叫"环池"的夜店。他从网上看到，今天那里会上演众多知名演员的模仿秀。他让司机在外面等候，自己走了进去。他有些胆怯，这是一种久违了的感觉。门口有人收票，但那人一看到拉尔夫的脸，便挥手示意让他进去。

里面闷热难当，灯光闪烁刺眼。对面的吧台旁站着一个人，像是汤姆·克鲁斯，另一边阿诺德·施瓦辛格穿过众人走过来。还有一位穿着低廉的戴安娜王妃。很多人看他，但不过是瞟一眼，并没有特别关注。这时候戴安娜登上舞台，唱起了《总统先生，生日快乐》。虽然很明显地跑了调，但观众都兴奋地怪叫喝彩。一个女人向他微笑，他看了看她，她便走近了些。他的心跳加快了，不知道该说些什么。此时她已经走到他身边，两人一起下了舞池，她的身体与他紧紧偎在一起。

过了一会儿，他发现自己居然站在舞台上了。人们都盯着他看，于是他开始背诵《我是月亮上的男人》当中的台词，那是他与安东尼·霍普金斯的一段著名的对话。他念安东尼的台词念得很好，念自己的反而不太熟练。观众为他鼓掌喝彩，他跳下台来，那个跟他跳舞的女人在他的耳边说，她叫诺拉。

夜店老板拍了拍他的肩膀，递给他五十欧元。"还行吧，不算很精彩。唐纳不是这样说话的，而且他做起手势来是这个样子。"他示范了几下，"你跟他很像，但是你还没学会他的腔势。回去多看看他的电影吧，下星期再来。"

和那个女人走到街上的时候，他害怕起来。他意识到他不能把她带回家去。她只要一看到他的房子和听差，就会知道他说的不是实话——也许更严重，她能猜到他正是大明星本人。他假装没看见正在等候的司机，挥手拦了一辆出租车，向她扯谎说他弟弟正在他家里做客。然而他从她的眼神看出来，他的话她一个字都不相信，而且认定他是个已婚男人。她说，她家里可是乱糟糟的呢。

在她那小而整洁的家里，拉尔夫·唐纳度过了人生中最美好的一个夜晚。不是他，而是另一个人搂住了诺拉，用一种他前所未有的力量与她翻云覆雨。清晨，她抚摸着他的脖颈，说，他真是棒极了。这句话，许多女人都对他说过，但是他知道，没有一个说的是由衷之言。

这一天，在离她家不远的一座楼房里，他租下了一套公寓，带家具，通风很好。他用的名字是马蒂亚斯·瓦格纳。房东目瞪口呆地瞧着他，拉尔夫解释道，他的第二职业就是模仿秀，于是房东释然了。整整一个星期，他有时住这里，有时住诺拉家，有时也在这条街上走走，感觉很是惬意，因为没有人回头看他。消息已经在这个社区传开，大家知道他是谁，是干什么的。

第二次在"环池"登台，他表演得不好。站在舞台上念台词的时候，他忽然很迷惘，如芒刺在背，嗓音也放不开。他努力回忆那一幕里自己的手势，却怎么也记不起当初的感觉和设想，只看到眼前白幕上自己的影子。他觉得观众都不关注他的表演，凭借着演员的本能，他才勉强撑到表演结束。

这时候，他发现还有一位模仿拉尔夫·唐纳的演员。他在YouTube上见过这个人，演技过人就不用说了，外形更是与他惊人地相似。那人与拉尔夫握手时很用力，眼神凌厉，酷似银幕上的拉尔夫。他身材壮硕，浑身散发着强壮、坚定和勇敢的光彩。

"您做这个时间不长吧。"他说。

拉尔夫耸了耸肩。

"我从他出演了第二部电影之后就开始模仿了。起初不过是随便玩玩，那时候我还在失物招领处上班。后来我跟着他一路发展，辞掉了工作。"男人用他那细长的眼睛看着他，"您现在的主要工作是做这个吗？这需要长时间的练习。非常难。要模仿一个人，就必须跟他同呼吸共命运。我在街上走着的时候，常常意识不到自己正在模仿拉尔夫。我像他一样活着，我像他一样思想，甚至有时好几天都沉浸在角色里。我就是拉尔夫·唐纳。这种状态需要多年的积累。"

这次"环池"的老板只给了他三十欧元，说他的表演确实不怎么出彩，也实在谈不上相像。

他的火气腾地冒了起来。他直视着老板的脸，对方明显地感觉到这是拉尔夫在十几部影片里曾有过的那种眼神。老板后退一步，低头盯着自己的鞋尖，嘟囔了几句谁也听不清的话，把手伸进了衣袋。拉尔夫知道，老板会马上再掏出一张钞票来。但是他发现自己忽然软了下来，怒火也熄了。我毕竟还是个初学者，他说。

"已经不错了。"老板狐疑地瞥了他一眼，把一只空手从衣袋里抽出来。

"我会努力的。"拉尔夫说。他喜欢这话里的某种含意。这是不是证明他终于自由了？

不，乘电车回到属于马蒂亚斯·瓦格纳的那个小窝的路上，他想，这句话当然证明不了，只不过证明自我观察会让自己性情混乱，把愿望引向歧途，让精神力量崩溃，只不过证明如果由外而内地观察自己，任何人都不像自己。他在下一站下了车，拦住一辆出租车，回了自己家。

他让听差路德维希准备洗澡水好泡澡，然后打开手机想看看有什么留言。但是一条也没有。好像谁也不需要他。好像有另外一个人一直在办理他的事情。

第二天他过得很不踏实，神思恍惚。他最好的朋友，一个没有名气的话剧演员莫格罗尔，出人意料地吞下了过量的安眠药。他是有意为之，还是一时疏忽？谁也不知道。事先他没有跟拉尔夫联系过，没和他聊过什么，没留下一句遗言。拉尔夫不明白。

像每个星期三一样，他的私人教练让他做俯卧撑，并且解释说他需要多锻炼腹肌。下一部电影里他有赤裸上身的镜头，既然已经不再年轻，那就更不能出乖露丑。

他上电影论坛去看有没有关于他的新发言。居然有一个帖子说他脑子里除了垃圾没别的，长得更是奇丑无比。他当即退了出来。是谁在写这种东西，又是什么目的呢？他给经纪人打了电话，之后又打给布兰克纳导演，导演那副谄媚的腔调让他很难堪。他心知肚明，布兰克纳导演根本看不上他，只是需要他，因为他若不答应参演，导演就弄不到拍摄资金。谈话只进行了一半，拉尔夫就挂断了电话。他翻了翻米盖·奥里斯托斯·布兰克斯的《和平，请来到我们中间》，又站起身来回踱步，看着插在高大的水晶花瓶里的花朵。家里忽然摆满了鲜花。他并不喜欢花，真不知道摆这些花瓶是谁的主意。是路德维希自作主张买来的吗？他真是上了年纪，脾气变得古怪了。拉尔夫在墙镜前站了一会儿，看着自己的面孔是怎样一秒比一秒更陌生。然后他离开了别墅。

走到马蒂亚斯·瓦格纳的房子所在的街上时，他舒了一口气。这里有一家超市，旁边是报刊亭。楼梯间里飘着饭菜的香味。一个胖女人漫不经心地向他打了个招呼。他的屋子像被遗弃了似的，正迎接着他。

他一边看电视，一边喝着啤酒。新闻播音员在说着战争、中东局势、某位部长的来访、明天的天气。一个主妇高举着一块彩色毛巾，然后不知怎的有一头大象从草地上跑过。之后拉尔夫·唐纳出现了，他驾驶着一辆汽车穿过大城市的车流，一边对坐在副驾上的金发女郎说："来不及了，这些人全都会粉身碎骨！"

"但是，"女郎说，"说不定我们还能制止！"

接下来是快镜头的爆炸场面：一辆汽车飞上了天，海上钻井平台蹿起的火焰很有画面感地在海面上翻滚，一栋高楼被准确击中，玻璃碎片打着转在阳光里闪烁。然后是拉尔夫·唐纳的脸，下面是写在黑底上的字：《火与剑》，热映中。

多烂的东西，拉尔夫想，真让人难受。

忽然，他发觉自己丝毫不记得这部电影的拍摄过程，甚至没听说过这部片子。

他来回换频道，但是电影预告片没有再出现。他下了楼，过马路，走进一家网吧。网吧老板已经认识他了，微笑着向一台电脑指了指。

《火与剑》列在"电影资料网"的榜单上。看得出上星期的报纸上就出现了关于这部电影的负面报道，维基百科里也已经有了相关条目。在"聊聊电影"论坛上有人称赞唐纳强大的表现力，但是不解他为什么会参演这样一部电影。有人回答，也许是为了钱吧，看他那私生活，这也不足为奇。第三个人爆料说，唐纳眼下在洛杉矶，第四个人则反驳道，唐纳正在中国宣传新片。他还提供了一个链接，拉尔夫点进去，发现那还真是一家中文报纸网站。有一张他的大幅照片，照片里他与两位满面堆笑的官员握手。他根本不认识这两个人，他也从来没有到过中国啊。他结了账，蹒跚着走进上午耀眼的阳光里。

《火与剑》？当然啊，诺拉说，我当然看了，我很喜欢呢。我才不管那些影评人怎么说呢。她叹了口气，我从十三岁起就崇拜拉尔夫·唐纳。我看过他所有的电影。

"所以你才……因为我长得像他？"

"啊，其实你跟他一点都不像。你应该模仿别人试试。你是挺棒的，但是……你不适合学他。"

他的眼神滑向墙镜。镜里有她，也有他。一时他恍惚起来，到底哪一边是真人，而影子又在哪里。他摸摸她的头，低声说了几句话来掩饰自己的困惑，随后走下楼梯去了电车站。

电车上没有人注意他。他下意识地去看车窗上自己的影子，但是看不清，就像看橱窗一样，好像哪儿也找不到能映出影子的东西。在街边他看到了两张《火与剑》的宣传海报。当他气喘吁吁地来到别墅的大门口时，他才发现口袋里是空的。他一定是因为紧张，把钥匙弄丢了。他摁了门铃。

"是我。"他对着麦克风喊，"我提前回来了。"

"是谁？"

他咽了口唾沫。尽管他意识到他的答话无论从哪种角度来看都毫无价值，却仍然重复道："我。"

麦克风关掉了。半分钟后屋门开了：路德维希走出来，懒洋洋地走过草坪。他扶着栅栏，那满是皱纹的脸透过铁条看着他。

"是我。"拉尔夫第三次说。

"你是谁？"

他愣住了，好一会儿才醒悟，路德维希不是要跟他讨论抽象的哲学问题，而是确实没认出他来。

"我是拉尔夫·唐纳！"

"呵呵，这会让我的老板又惊又喜呢。"

"我提前回来了。"

"老板早就到家了。"路德维希说，"请您离开吧。"

"这是我的家！"

"我们会报警的。"

"我能不能……跟那位自称是拉尔夫·唐纳的谈谈？"

"您不就是吗。"

"什么？"

"自称是拉尔夫·唐纳的就是您呀。"

"我能不能……跟拉尔夫·唐纳谈谈？"

路德维希看着他，淡淡微笑："拉尔夫·唐纳先生是一位著名演员。不知道多少人有求于他，他的电话响个不停。您以为，他会停下工作跟您闲扯，仅仅因为他乐意看见您跟他长得很像？"

"路德维希，你总该认识我呀！"

"您居然知道我的名字，给您问好喽。可是，您是什么时候雇用我的呢？"

他揉了揉额头。这问题该怎么回答？他心慌意乱，根本记不起来了。他觉得路德维希一直跟随在他左右，好像这辈子那张疙里疙瘩、无精打采的脸都一直在陪着他。"我能不能跟别人谈谈？你能给我接通马尔扎赫的电话吗？"

"老兄，我给您出个主意吧。您要那么做当然可以，您可以把整栋房子里的人都叫出来。也许您还能把拉尔夫·唐纳本人请出来呢。但是您会得到什么呢？嘲笑，讥讽，被警察盘问，您再这么干下去，就等着吃官司吧。您跟一位明星打官司，可别想讨便宜，他必须保护自己。我知道，他在您的生活里意义重大，您熟悉他所有的影片，您陪伴着他，而他也陪伴着您，您是最忠实的观众，但是您可别干出圈儿的事儿。您回家吧。我已经老了，我见得多了，我不希望有人自找倒霉。您看着也像个好小伙儿，可要好自为之！"

他觉得头晕，张张嘴又合上。他吸了一口气又吐出去，眯起眼睛望向太阳。

"您不舒服？"路德维希问，"要不要喝杯水？"

他摇了摇头，转过身，慢慢走开。身边是一幢幢别墅、一道道树篱和花园栅栏。太阳低垂在空中。空气中有刚割过的青草的新鲜气息。他停住脚步，坐倒在地。

发生了什么事？难道有一个骗子鸠占鹊巢？也许就是在"环池"碰到的那个模仿者吧，或许他早就认出了他，趁机取而代之，将他变成了马蒂亚斯·瓦格纳、观众、模仿者和粉丝。那个人深陷在自己酷似的偶像的身份里无法自拔，索性与他互换了角色。居然会发生这种事。报纸上登过这样的奇闻。他沉思着掏出了自己的身份证，像第一次看到似的，把印在上面的名字读出来，又把它塞进了衣袋。

他抬头看看。就在对街，花园的大门敞开了。路德维希和马尔扎赫走出来，夹在他们俩之间的，那个高大孔武的人，是拉尔夫·唐纳。

他记不起自己是否扮演过这么好的角色，居然能将他彻底挤出自己的生活，手法实在无懈可击，眼前的这个人才是真身啊。

假若有人能以拉尔夫·唐纳之名行之于世，那便是对面这个人。多么高明，有如神授。一辆汽车开过来，拉尔夫·唐纳拉开车门，向司机点点头，坐进了后座。马尔扎赫随后上了车，路德维希关上了花园的大门。

汽车驶过的时候，马蒂亚斯·瓦格纳跳起来，向汽车里探身张望，但是车窗玻璃染了色，他只看到自己的影子。车子已经转过街角，脱离了他的视线。

他把双手插进衣袋，慢慢在街上走。他找到了出路。他自由了。

走到一个公交车站，他停下来，但是旋即改变主意，继续向前走。这会儿他不想坐公交车。长得像明星的人每次坐公交车都觉得很别扭。大家盯着他看，孩子们问一些傻头傻脑的问题，还有人用手机拍照。其实这也很好玩，有时候会让人觉得，自己变成了另一个人。

东方

她哪里会想到这地方这么热？她以为看到的会是白雪皑皑、寒风袭来的草原，帐篷前的牧人，一群群牦牛和辽阔星空下的篝火。而事实上，这里弥漫着建筑工地的气息，汽车的喇叭震天响，阳光火辣辣的，苍蝇绕着她的脑袋嗡嗡地飞，连个自动提款机的影儿都见不着。昨天在她的开户银行里，女职员还笑着说：这种货币兑换不了，还是到当地再换吧。

　　现在，经过了漫长得似乎无穷无尽的夜间飞行之后，她来到这里，站在汽油味中。还在飞机上时，每当她那个全程都在打鼾的大块头邻座将手落到她大腿上，她就问自己，她何苦替别人出这趟差。不过，她委实对地球上这个遥远的地方感到好奇，这正是她痛快答应的原因。之后不久，她就收到了寄来的机票，还附了一封信，是用很蹩脚的英文写的，上面盖着个金色的图章，看着像是一只飞鸟，又像是日出，再不然就是一个戴帽子的男人。再之后她去了大使馆——城边上一栋出租楼里的三个房间，一个穿制服的人话也不说就在她的护照上盖了签证章。

她的头发被汗浸湿粘在一起。她打量着候机大厅肮脏的墙面镜：一个小个子、圆滚滚的女人，年龄在四十五岁上下，一脸疲惫。她这个人好奇心盛，却不大能承受压力。最喜欢的是高坐在家中凉爽的书房里，手边放一杯茶，推窗便是花园，灵感纷至。只要她神思凝聚，便可以构思出扑朔迷离的疑案，供笔下气质忧郁的雷格勒警官破解。她的侦探小说非常畅销，许多读者给她写信，她婚姻幸福，生活顺心，何苦出这一趟远门？

一只手拍在她的肩上，惊得她猛一回头。她身边站着一个男人，穿着污渍斑斑的外套，手里拿一个硬纸牌，上面歪歪扭扭地写着她的名字。

"是的，是我！"

他示意她跟他走。她想把行李交给他拿，但他已经转身走了，她只好跟在后面。他们穿过马路，有很多人在喊叫，汽车纷纷鸣笛，到了路对面，她的裙子已经溅上了污泥。汽车横在两个车位间，发动机护罩上有碰撞过的凹痕，后备厢里塞得满满都是纸箱，后座上也是，就连副驾驶座前还放着一只，她只好抬起双脚，把行李紧紧抱在怀里。真不知道这人究竟是运什么的。她想系上安全带，他却猛烈地摇头，嘴里还骂骂咧咧的，很显然他认为这是瞧不起他的驾驶技术。她只得罢手。

一路上他都在低声地自言自语。有一次他紧急刹车，把车窗玻璃摇下来，往街上啐了口痰。"You business，"他说，"kill why？"

她笑笑，表示没有听懂。

"Everything，"他说，"Foam. Lorry?"

她耸耸肩。

"Hobble，"他说，"Hobble grease. Why？"

她窘迫地笑笑。

"Why？"他敲敲车窗，"Grease, the hobble why！"

她举起双手，摇了摇头，却让他更来了气。他指指点点，拍打仪表盘，大喊大叫，无视车流。最后他在一栋高楼前停了车。一个穿制服的保安靠在一扇玻璃门前，上方有一面旗帜在风中飘扬。酒店到了。他们下了车。

大大小小的塔吊伸向乳白色的天空。地上散落着铁皮罐、弯曲的电线和玻璃碴儿。门卫拉开门，他们走了进去。

大厅铺着大理石，中央有一个喷泉，水花落下汇成涓涓细流。前台的女服务员不会讲英语，司机跟她说了几句，她默默地拿出一把钥匙。

房间总算勉强能住。床很软很干净，水龙头也出水。窗外是几十栋高楼与工厂的烟囱。她正想打开行李，电话铃响了。

"下楼，"一个女人说着不成句的英语，"马上！"

她刚想问句话，那女人已经挂断了电话。她迅速换掉汗湿的衬衣，出于职业习惯又带上了笔记本，乘着嘎吱作响的电梯下了楼。

大厅里，男男女女几个人坐在折叠椅上，围了个半圆。中间站着一个穿制服的女人。

"我是最后一个吗？"

女人问她是谁。

"玛丽娅·鲁宾斯坦。我是玛丽娅·鲁宾斯坦。"

女人盯着一张纸，摇了摇头。

"我是代替莱奥·里希特来的。我拿的是他的机票，我代替他。"

莱奥·里希特吗，女人说，名单里写的是他的名字。

"他不来了，我代替他。"

女人做了个轻蔑的手势，显然是说，真不明白这些外国人的脑子里在转些什么念头。她指指一把空椅子，玛丽娅坐了下来。那女人简短地讲了一番，说这个由全世界最优秀的旅游记者组成的高级代表团是受政府邀请而来，此行专为报道本国的美好生活。他们将受到热情的招待，任何愿望都可以满足，甚至有幸受到副总统接见，在本国逗留期间将会参加为他们举办的无数欢宴。首先请去参加接风宴会！

她将他们带到隔壁一间大厅。长桌上摆放的大碗里，盛着凉土豆，碗之间的盘子里放着肥腻的猪肉和蛋黄酱。

玛丽娅很快就发现团里根本没有旅游记者。有两个文化版编辑，有三个实习的大学生——他们被派来，是因为没有人愿意来，还有一个《共和国报》的科学版编辑，那个和善的先生是在《观察家报》①上撰写关于野生鸟类文章的作者，有一位老太太，退休之前在"德国广播电台"工作，和她同行的是她的同事，只因为家里正在装修才跑到这儿来。吃完饭，玛丽娅就回房睡觉了。

她睡得很不踏实，总是被远处机器的轰鸣声吵醒。醒来时头痛欲裂，又发现自己忘带了手机充电器。她很懊丧地给丈夫发了一条短信："真想你。"丈夫没有回信。她觉得自己离一切都很遥远。

她到酒店大堂询问能否提供充电器，但是前台的女服务员呆呆地看着她，一句也听不懂。代表团的成员们一个个都下来了。大多数面色苍白，显然没睡好觉。"那蛋黄酱，"《观察家报》的那位先生说，"太难吃了！"

一辆大客车载着他们在崎岖不平的道路上行驶了两个小时。当玛丽娅从半梦半醒中清醒过来的时候，他们已经在一座工厂前了。工人们列队为他们唱歌。导游带他们去看一条空空的流水线。看不出这里生产的是什么产品。一个女人端来盛着带皮煎猪排的盘子，每个人都迟疑地拿了一片。工人合唱队又唱了一回歌，然后他们就回去了。到酒店的时候，天已经黑了。

就这样日复一日。他们被带去参观一个黑乎乎的水泥房子里的游泳池，水看上去很凉，还有股化学药剂的味道。《共和国报》

---

① 《共和国报》（*La Repubblica*）是意大利的一家报纸，《观察家报》（*Observer*）是英国的一家报纸。

的先生问能不能在这里游一圈，导游说，绝对不能。他们被带到污水净化厂，带到荒无人烟的沼泽区里的石油钻塔旁，带到一家大型烘焙厂，带到一个八十年前曾是游牧民居住区的地方。导游说，这里曾被游牧民用剑、棍棒和鞭子毁坏殆尽，他们骑马狂奔，奸淫妇女，烧毁庄稼，但是政府果断行动，将他们消灭干净，一个不留。他们被带去参观议会大厦，几百位议员属于同一政党，大唱国歌，手放胸部，仰望着总统的肖像。

他们被带去参观一个变电站，由于某种原因它却不能通电；去参观一所国民小学，孩子们身穿校服站在校门前，唱了两个小时的古老民歌迎接他们，那时阳光毒烈，苍蝇肆虐。德国广播电台的退休女编辑晕倒了，被抬上了大客车，但是合唱仍持续了一个小时，之后，一位女学生代表给他们奉上自己烹饪的煎猪排加蛋黄酱。他们被带去参观大学，一位胡子乱蓬蓬的教授操着难懂的英语做了一个关于国家的光明前景与发展机遇的报告。就玛丽娅的理解，他谈到了钢铁、石油和总统，空气中有氨气的味道，建筑工地的气息从敞开的窗子涌进来。报告结束后，校方给代表团成员端上了煎猪排。

他们被带去了草原。大客车停下，他们下了车。什么也没有。

草轻轻摆动。天空显得分外高远，两朵丝丝络络的云挂在天上。没有臭气，什么都没有，空气是清洁的。微风吹拂。平坦的草原延伸到地平线的尽头，一览无余。迁徙的鸟群慵懒地飞过。一只蜻蜓飞起来，嗡嗡地打了个圈儿，又扎进草丛里。

他们又上了路，玛丽娅觉得他们像是还站在草原上，无论望向哪里，景色都一成不变。她闭上了眼睛。在车上睡觉比在喧闹的宾馆里好多了。

这天晚上她打开手机，给丈夫拨电话。拨到第六次她突然听到了丈夫的声音。

"唉，"她说，"你想也想不到。"

"吃得怎么样？"

"唔。"

"那里的人呢？"

"还行。"

他们沉默了几秒钟。她知道他已经明白了。

"花怎么样了？"她终于开口问道。

"我每天都浇水。"

"垃圾桶呢？"

"早就拿到外面去了。你那里冷吗？"

"很热。蚊子多得成灾！"

"啊。"他们又不说话了。她想起来她得省电。想到手机很有可能因为电池耗尽而不能使用，她有些慌。

"很快就回去了。"她说。

"你那里有没有能对付蚊子的东西？"

"什么？"

"有没有驱蚊剂？"

"这儿怎么会有。"

"那你可以……"

她永远都不知道他要给她一个怎样的建议。通话中断，她听见占线的声音。电池几乎用光了。她叹着气关掉手机。

接下来的那天，也就是行程的最后一天，他们去了一个偏远小镇。很远，在草原上。第二天他们将从小镇出发前往一个军用机场，乘坐政府提供的飞机飞往中国，然后再乘坐航空公司的班机回国。

他们参观了一个工地，玛丽娅不知道那是个什么工程，但看得出它很重要，他们每个人都被要求铲起一锹散发着臭气的泥土，再扬到另一堆土上。这段时间大家都身心疲惫：有几个消瘦了，大多数脸色苍白，还有一个实习生生了一种奇怪的痤疮，《共和国报》的那位先生走路一瘸一拐，德国广播电台的老太太一直双手抱头坐在车上。过了一会儿他们被带到另一个工地，重复了一遍刚才做的事，然后去了一处军营，连队士兵集合起来，军乐队演奏国歌，旗帜飘扬。又是煎猪排和蛋黄酱。结束之后，天已向晚，车子将他们送回酒店。

一个小个子男人给他们分发房间钥匙，玛丽娅是最后一个，轮到她的时候，居然没有钥匙了。一定是数错了。酒店已客满。

导游对着前台的服务员大吼大叫，服务员打电话，叫喊，挂断，再拨另一个号码，叫喊，挂断，然后呆若木鸡地望着她。

"那我跟人拼一间房好了。"玛丽娅说。

"没问题，"德国广播电台的老太太说，"您跟我住一间吧。我们都是成年人。"

绝对不行，导游说，不能发生这种事，我们国家有的是酒店，而且都是高级酒店！

于是玛丽娅独自上了车。汽车在黑暗的街道上转来转去开了半小时，最后停在一座高楼前。几个孩子在街边闲荡。一个老太太在卖南瓜。

导游说，这家酒店眼下还没有开张，但是破例为她开了一个房间。明天早晨她务必在七点二十五分出现在街上，汽车会来接她去机场。

"一定吗？"

女导游面无表情地看了她一眼。

电梯是坏的，一个大胡子男人走楼梯带她上了七层。既然这家酒店还是空的，为什么非要她爬那么高呢？到房间门口时她已经气喘吁吁，浑身冒汗。房间里有清洁剂的味儿，柜子敞开着，电视机打不开，床单皱皱巴巴，墙上挂着一张纸，密密麻麻地写着西里尔字母。上面写的是什么呢？没有关系，玛丽娅想，眼看就要结束了啊。

她躺了很久仍睡不着，盯着天花板看。远处传来汽车声。她检查了三次闹钟。虽然一切正常，她还是担心得睡不着，生怕闹钟不会响。

七点过五分，她就下了楼。在大厅里，她放下旅行包，坐在一把旧皮革椅上。一个人影也瞧不见。她等待着。十分钟过去了。十二分钟。十五分钟。她来到街上。一辆辆汽车在熹微的曙色里驶过，街上没有行人。她又看了看表。已经七点三十三分了。三十四分了。三十八分了。一下子，她吓了一跳，已经七点四十了。差一刻八点。差十分八点。差五分八点。她把手机打开，但是她不知道该打给谁，没有紧急求助电话。代表团一直是集体行动的，谁也没想到会有这种必要。

镇静，她想，镇静！他们会发现她不在的，其他人会提醒导游她还没来，飞机会等着她。她回到酒店大堂里，坐了下来。

只过了一分钟，她就又站起来，走到街上。她在街上站了整整两个小时，心脏剧烈地跳动着。天气热起来了，热气先迟疑了一会儿，后来便一浪高过一浪。越来越多的人从她身边匆匆走过，苍蝇也开始了一天的活动。她几次返回酒店，但是里面没有人，前台一直是空的，她喊叫，敲打，大吼，全无用处。昨天那个大胡子是什么人，他这会儿在哪儿？她又走到外面，呆呆地盯着手表。

快到中午时，她上楼回到房间。看来这座大楼真是空的。午后她睡着了，但是透心凉的恐惧感让她一下子惊跳起来。她在窗前站了一会儿，又在桌旁坐下，用手指敲敲桌面，呆呆地望着墙壁。她走进浴室，落了几滴眼泪，又回到窗前，望着暮色渐渐降临。难道其他人没有注意到她不在？又或者，他们只为了不耽误自己的行程，便用一个破绽百出的理由敷衍过去了？直觉告诉她这是有可能的。她一头扑倒在床上。这时候她才发觉，自己肚子饿了。

但是她不能离开呀！如果有人找她，就一定会到这里来。她打开手机，拨打丈夫的号码。接不通，拨了三次之后她又关了机，免得耗尽最后一点电量。

奇怪的是，她竟然睡着了，睡得很沉，连梦都没做一个。醒来后的几秒钟里，她感觉神清气爽。阳光透过窗户射进来，细微的尘埃在空气中舞蹈。这时她才清醒过来。恐惧感像一记鞭子抽打在她身上，她赶快穿好了衣服。

寻找了一个小时，她彻底明白，这座大楼的确空无一人。她走遍了所有的楼层，喊叫又拍打了每一扇门。前台的电话可以使用，但是她不知道该加拨什么号码才能拨打国际电话。她每试一次，听筒里传来的都是刺耳的杂音。又过了三个小时，还是没人出现，她决定离开。她必须去找能帮助她的人。

天气比前一天更热。没过一会儿衣服就贴在了身上，汗水顺着脸颊往下淌，她饿得几乎拎不动旅行袋。在一家摆满了用塑料纸包装的大面包和罐头的店里，她想买一块蛋糕和一瓶水。在付款的时候，她才发现身上没有当地的钱，只有欧元、几张美元和信用卡。店主都不肯收。她急出了眼泪，胡乱打着手势向店主解释十美元要比他跟她要的几个硬币值钱得多，但店主只是摇头。她只得拿起旅行袋走出来。

一直到第三家商店，才有人收下她的二十美元，给了她三个猪肉馅的大包子和一瓶水。她如释重负地往墙上一靠，吃喝起来。咽下一口，又感到恶心胃痛，但是一个星期来她都是这样，并不觉得有多么难受。

当她要继续上路的时候，发现人们纷纷回看她。男人们投来嘲笑的目光，小孩子指指点点地叫嚷，又被他们的妈妈拉走。

她跟一个警察搭腔。他转过脸来，小眼睛戒备地看着她。她和他说了英语、法语、德语和几乎失传的古希腊语，那还是她多年前在大学里一门关于亚里士多德的课程中学到的。她又比比画画地打手势，交叉手指表示求助，终于，他向她伸出手来，说了一句话。她听不懂。他又说了一遍。就这样重复了几遍，她明白了，他要看她的护照。他拿过护照来翻看，眼神犀利地盯着她，大声说了一句话，她还是不懂。

"请您帮助我！"

警察不耐烦地向她做手势，要她跟着走。警察局与这里只隔一条街，小而脏乱。不知什么原因，她的旅行袋和手表都被收走了。玛丽娅坐在一间小屋里的桌旁等候着。

过了很久都没动静。墙上的钟停了，指针动也不动。玛丽娅把头埋在胳膊里。时间仿佛停滞了。枯燥的等待让她头晕起来。不知何时，门开了，进来一个穿警服的人，用英语跟她说话。

"我的上帝，总算盼到了！请您帮助我！"

您的护照，他说，护照老了。

"什么？"

护照上的章。老了。

她不明白。

他望望天花板，思考了一会儿，终于想起了正确的用词：您的签证过期了。

"当然了！我本该昨天离境，但是他们没来接我。"

没有签证你就不能在这里。

"可我并不想留在这里呀！"

那也不行。没有签证就是不行。

她揉了揉眼睛。一阵漫无边际的虚弱感。于是她尽量缓慢而清晰地把来龙去脉解释了一遍。她说她是政府邀请的客人，她谈到了记者代表团和在全国各地的参观。她说她是国宾，由于组织者的疏忽，她没能搭上飞机。

他沉默了一会儿。她听到隔壁房间里传来爆笑声。他总算说了话：没有签证，不能在这里。

她只得从头开始，原原本本地又讲一遍：记者代表团，各地的参观，国宾，来接她，可是忘了。没等她讲完，他抬脚就走，把门关了起来。

这时候天大概已经黑了。不知是几点钟，玛丽娅去敲了房门。一个警察开了门，带她去了一个肮脏的厕所。回到那间小屋后，她想再用一下手机，可是，手机和其他东西都放在旅行袋里。她用手背擦了擦鼻子。她到这里有多久了呢？可能有几个小时，也可能是好几天吧。忽然，门被猛地推开，那个审问她的警察回来了。

都是假的，他吼道，一派胡言！他迎面甩过来一张纸，她认出那是用西里尔文字手写的代表团名单。有《观察家报》的同行，有《共和国报》的那位先生，有实习生，有德国广播电台那两位女士，还有——莱奥·里希特。

"可是他没有来呀！"她喊起来，"他，这个人！"她的手颤抖着指向他的名字，"他取消了这次出访！是我替他来的！"

警察抓起那张纸，盯了一会儿，又扔在桌上，说，怎么也找不到她的名字。

"我是替他来的！替莱奥·里希特！他没来！"

他说，名单上没有她。

她恳求让她给导游打电话。导游一定会认出她，会把事情都解释清楚。

他面无表情。

"我们代表团的导游！要不，找大使馆行吗？您能不能给德国大使馆打电话？"

他思索了一会儿，这次他听明白了她的话。他说，德国在本国没有使馆。

"英国的有吗，法国的，美国的？"

有中国的。在首都有中国大使馆，好像还有俄罗斯大使馆。但是没有有效签证她根本上不了去首都的火车。那是违法的。

玛丽娅忍了又忍，终于忍不住了，泪水夺眶而出。绝望的抽泣让她的身体不住地颤抖。她哭得喘不过气来才住声。居然没有晕过去，这令她自己都惊讶。她的意识依然坚挺，这房间、桌子、挂钟，还有不动声色看着她的警察，都没有消失。终于，她平静下来，擦干眼泪，请求警察让她打一个国际电话。

很困难，他说，线路不容易接通。这里可不是首都。

"求求你！"

何况我根本不能帮你，他说，你没有签证，你在这儿是非法居留！

他出去了，她听见隔壁传来响亮的说话声。显然这些人在争吵现在该拿她怎么办。她浑身都没了力气，昏昏沉沉的，又把头埋在了胳膊里。

有人摇晃她的肩膀，她被惊醒了。旁边站着一个警察，就是刚带她上厕所的那个，但也许那是在昨天，或是其他什么时候，她已经没有时间概念了。她的旅行袋放在旁边的地板上。他带她出来，穿过隔壁房间，来到街上。现在一定是午后，因为空气热得滚烫。他向她做了个手势。她不懂。他又比画了一下。她明白了，这意思是让她走。

"不！"她喊起来，"求求你，帮帮我！"

他看了看她。他的表情并不凶狠，甚至有几分同情。他往地上吐了口痰。

"我的手表，"她声音沙哑地说，"还在你们那里。"

砰的一声，她被关在了门外。

她拎起旅行袋走开。慢慢地，她明白了，警察不知道该拿她怎么办，他们不想自找麻烦，索性把她打发走了事。也许她还算幸运吧，他们毕竟没有把她囚禁起来或是打死。

她拿出手机拨号，传来的是"无法接通"的声音。再拨，还是那声音。电量信号亮起了红灯。当她拨到第四遍的时候，她的丈夫接了电话。

"我的上帝，总算打通了！你一定想不到我出了什么事！"

"喂？"

"他们没有接上我就走了，谁也不帮我，你赶快给外交部打电话！"

"喂？"

"你要给他们施压，一定要跟他们说我受到的是政府邀请。去找报社！这事很严重，真的很严重！"

"喂？"

她顿住了。她的声音在颤抖："你听得见我说话吗？"

"喂？"

"喂喂？"

"我听不见。是哪位？什么都听不见！"

"是我，玛丽娅！"她大叫起来。路人向她转过头来。一个满脸皱纹的女人张开没牙的嘴笑。

"是你吗，玛丽娅？"

"是，是我！我！"

"你再打一次吧，我什么都听不见。"他挂断了。

她又试了一次。当她摁下拨号键的时候，屏幕黑了。电量耗尽了。

她不知道自己在这座城市里胡乱走了多久。头发粘在脸上，两只手拎着旅行袋酸痛难忍。当她想买点吃的，在旅行袋里翻找钱包的时候，才发现，钱包也被警察抄走了。

她倚着一栋房屋的墙，怔怔地看着前方。过了一会儿，她继续向前走。忽然惊觉，怎么，那因负重而产生的疼痛感消失了？她这才发现自己把旅行袋落在了原地。她转身往回走。它就在那里吧，小巧，灰色，孤孤单单的，玛丽娅多么心疼啊。她转过街角，绕过那片房子，回到原地，旅行袋不见了。

倒下吧，她想，晕过去，躺着，那样就会有人把她送进医院，非接收她不可。

不，不是这样，她倒在地上也不会有人理睬。何况街上污秽不堪，很多地方的沥青已经碎裂迸开，她看到裂缝里有褐色的泥水，玻璃碴子到处都是。还是不要晕倒在这里的好。

她站住了。那里，一家店铺的玻璃窗后面，有书！不是很多，但是，如果她没认错，那应该是普希金的诗集，下面还有托尔斯泰的书。有书的地方也许会有人懂外语，也许能听懂她的话。她激动地走了进去。

这其实是一家杂货店。柜台后面的货架上堆着罐头和各种尺寸的印有中文的盒子。但也确实有几本书。一个矮个子男人眯着小眼睛看她。

"您会说英语吗？"

这人既不会说英语也不会法语，不会德语也不会希腊语，甚至不懂她的哑语。他像泥塑木雕一样看着她，而脸上那和善的微笑始终不曾抹去。

她拖过来一张凳子。方才的阳光太强烈了，她必须得坐一会儿，而且她很渴。她伸出手做了个杯子的样子，举到嘴边，他马上明白了：从一个塑料瓶里倒出了一杯水。若是在几天前，她会抗拒水杯上的污垢和水里漂浮着的细小棕色污物，而此时她一口气喝了下去。她坐了一会儿，俯着身子，胳膊肘撑在膝盖上。矮个子守在一旁，颇有分寸地保持着距离。

当她抬起头来的时候，她在奥里斯托斯·布兰克斯的两本书中间看见了一样似曾相识的东西。她站起身，将它抽了出来。一本很便宜的硬皮书，书皮是刺目的红色。她认出了以西里尔文书写的自己的名字，下面的书名她不认识，但是她知道这是《黑雨》，她最成功的一本小说。书名下面是一个戴着墨镜和宽檐帽的男人的照片。这就是俄罗斯的编辑想象出来的雷格勒的形象，她那位气质沉郁、厌恶一切强权的侦探的形象。当时她觉得这真可笑，她和她的丈夫曾经为此而大笑一场！

她翻到书的背面：没有她的照片。她把这本书拿给矮个子看，指指书，又指指自己。

他懵懵懂懂地微笑着。

她又把它塞回货架上。"您是对的。随它去吧，它无能为力。"

他弯了弯腰。

她向他道谢，为了那杯水。然后她走了出来。

她走进一家市场。市场上散发着羊膻气和烂水果的味道，货摊已经拆掉了。她走到一个模样和善、系着围裙的高个子女人身旁，指指嘴，又指指肚子，想告诉她自己肚子饿。这女人给了她一块面包。面包的味道不错，虽然有点苦，不过能让她恢复些体力。女人又递给她一个水瓶，当她喝到瓶里的水时，她感觉自己几乎恢复了。

女人满脸皱纹，还缺了几颗牙，一只眼睛半闭着，耷拉着眼皮。她说了几句话，玛丽娅听不懂。于是她提起一箱土豆，示意玛丽娅来帮忙。

她们一起抬着这箱土豆走过街道，一个老头坐在拖拉机里等着。她们把土豆抬进挂斗里，女人蜷坐在后面，并且示意玛丽娅学她的样。

在柴油气味的裹挟中，拖拉机颠簸着开走了。不久，城市消失了，草原在暮色里向前延展。凉爽多了。一只蜻蜓在她们身边飞了很久。女人的脑袋随着发动机的突突声摇摆着，似乎睁着眼睛便睡着了。浩瀚的空中，一只鸟儿也看不见。夜来了。

当他们来到一座房子前的时候，天已经全黑。玛丽娅跳下挂斗，地面泥泞，泥土一直没到她的脚踝。这是个木板房，饱受风雨侵蚀，屋顶铺着瓦楞白铁皮，里面散发着一股霉味儿。老头点燃两根火把，借着火光，她看到一只急速溜走的老鼠。女人去外面生锈的水泵里汲水，提进一桶水后，放在地上，指指木地板，又指指桶，再指指地板。接着，她递给玛丽娅一块抹布。

玛丽娅一边擦地一边思索。她得在这里住上一年，也许两年，救援人员找不到她，也不会有外交部派出的特使从天而降。她只能留在这里干活儿，直到她学会讲当地的语言。如果这里的人付给她工钱，她就要攒下一点来。迟早有一天她会启程去首都，寻找能帮助她的人。她不会一辈子都留在这里，她比这里的人有能力多了，她一定会脱离苦海。

没一会儿的工夫，她的腰就酸痛起来，胳膊也适应不了这样繁重的劳作，而且她觉得地板越擦越脏。她低声啜泣起来。女人坐在椅子上削土豆皮，两腿张开坐在一张长凳上，面无表情地望着前方。

擦完之后，地板看上去跟原先一样。女人给了她一块面包，竟然还有一块肉。她吃完后走到外面的水泵旁，洗了洗脸和手。天气一下子变得冰冷。远处传来一只野兽的号叫。满天星斗。

女人把床铺指给她看。床垫软得出人意料，只是有一根生锈的弹簧破垫而出。玛丽娅只得蜷着身子，免得被那根弹簧扎了背。她想起了丈夫。不知怎么她觉得他很陌生，仿佛他是一个很久以前认识的人，他属于另一个世界和已经逝去的生活。她倾听着自己的呼吸，忽然领悟到自己已经睡着了，是在梦里俯身看着肉体。她非常清醒地意识到，这样的时刻是多么稀少，一定要谨慎对待。稍有不慎，原有的生命就会消失，一去不归。她叹息了一声。也许她只是在做梦吧。然后，意识的火花熄灭了。

答修道院女院长问

米盖·奥里斯托斯·布兰克斯，这位被一半人崇拜被另一半人鄙夷的作家，写了些探讨内心平静与修养、于青翠山谷中漫步寻找人生意义的作品，现在他正步履平稳地走进那套五居室中的书房。他住在位于里约热内卢的大厦里，大厦居高临下，俯瞰着波光闪烁的海岸。灼目的阳光洒在海面上，随着光线的变幻，海湾这边山坡上的贫民窟看起来只是一团灰色的影子。米盖·奥里斯托斯·布兰克斯将一只手遮在眼前，以便看清书桌上的东西：两支金笔，十七支削好的铅笔，摆在液晶显示器前的键盘，文件架上一沓摆放得整整齐齐的《宇宙问答》的手稿。只差一章就要完稿了，之前的内容是他这一个月来不费吹灰之力写出来的，像从前一样。这本书的主旨与人们想当然的看法恰恰相反：信仰与信任感与其表现出来的态度与常规仪礼一致：你若忠实于某人，就会爱他；你帮助了一个朋友，就会更加诚实正派。你强迫自己去教堂参加礼拜，就不再是一个信仰盲目的人，假以时日，你会认识或者接近守护着肉体存在的最高等的生灵。

这些思想并非米盖·奥里斯托斯·布兰克斯苦思冥想的所得，它们不请自来，自行找到了进入他手稿的途径，而他只是矜持地观看着自己的手让一行行文字出现在屏幕上白光闪烁的文档里。当他结束了一天的工作站起身来，就像现在这样，眯起眼睛望着落日，他并不比他七百万读者中的任何一个更精神振奋或受益良多。

他叹息一声，左手迅速摸过自己的胡子，又梳理了一下日渐稀疏的头发，中指上那颗小巧蓝宝石发出细碎的光芒。每次从厕所出来，他都如释重负，同时又被一丝淡淡的哀愁笼罩。他如厕的时间益发长了，不久前医生跟他说，如果不做手术，他的前列腺坚持不了多久。米盖·奥里斯托斯·布兰克斯歪着头，舔舔嘴唇，听到自己又微喟一声。他穿着擦得锃亮的定制款棕色皮鞋，宽松的亚麻布裤子，白色丝衬衫敞着两个纽扣，灰白色的胸毛比以前细了许多。但是说到身材，尽管他已经六十四岁，依然很匀称，小腹平坦得只有雇得起私人健身教练的人才拥有。他每天都在前奥运冠军古斯塔夫·蒙蒂的监督下，在一台嗡嗡转动的跑步机上慢跑。他还写过一本关于慢跑的小书，在书里他赞美了保持同一形态的必要性，谈到了在恒定不变之中孕育的变化，以及在半疲倦半专注之间轻微悬浮的人的精神状态。当然他只有住在大城市时才在跑步机上跑步，住在帕拉蒂①，或是大洋那一边的瑞士乡

----

① 巴西里约热内卢州大岛海湾区的一个城市。

间农舍时，他每天都痴迷地行走在晨间清凉的空气中，全神贯注于自己的呼吸，以及渐渐温暖起来的日子。这本书并不算他的畅销作品，但是他非常喜欢，常常在慢跑前拿出来读一段。

他愣了一会儿。自己是不是又叹气了？接着他振奋精神，伸展开双臂。仿佛一阵海风吹来，当然他知道，那不过是悄无声息转动着的空调吹出的微风。

他走向书桌，一边用指尖拈下衣袖上的一粒花种，将它一弹，望着丝柔娇小的种子飘开，被一缕阳光照亮，又消失在风中。他坐在工作椅上，那是把包了真皮的座椅，柔顺，熨帖，正合他的腰背，出自圣保罗最好的皮匠之手。他两手相抵，食指指尖轻触鼻头，拇指搭在因思考而微翘的双唇之间，闭着眼睛左右转了一下。然后他拉开从上到下第二个抽屉，像他常常做的那样，拿出在里面等待着他的手枪。这是一把格洛克手枪，枪管长一百四十毫米，九毫米口径，他还从没有用过这种枪型。虽然他有这把枪的持枪证，还有可佩戴上膛枪械的许可证。

米盖·奥里斯托斯·布兰克斯喜欢武器，即便只是当玩具一样玩玩。他从来没有对任何人使用过武力。他定期在帕拉蒂洒满阳光的草坪上练习射靶，有时用弓箭，有时用轻型运动枪支。竖立着的圆形靶牌耐心地等在前方。他写过一本名为《沉稳的手创造冷静意义》的书，强调在射击时必须与目标合而为一，不去注意射击目标，反而能使射击者置身事外，集中精神，同时处于一种悬浮状态，从而命中目标。这本书不是他最强力的作品。多年以后，他才惊惧地发现，原来它几乎完全改写自他少年时翻阅过的一本关于日本射箭术的书。幸好读者不以为意。在出版后不久，有一位运动弓箭生产商还向他表示感谢，说自己的弓箭产品在国际上的销量有所增加。

他弯下腰——椅子嘎吱一声，腰一阵刺痛——从抽屉里拿出子弹匣。他眯起眼睛，嘴唇抿起，小心又迟疑地上着子弹：将子弹夹装进枪膛，向后一撸，让它回弹——就像在电影里看见的那样。他觉得自己是表演。

夕阳西下，红色的火焰消失在海面上，远处的山巅闪耀着冰冷威严的光芒，棚户区里，一条未铺沥青的土路蛇行而上。他站起身，拿起女秘书给他挑选出来的四封信。他每天都收到无数信件，有请求他指点帮忙的，有哀诉人生惨遇的，有寻找生命意义或探索飞碟的小说稿，以及求婚信、祈祷文，还有发自几十个城市、请他前去演讲的邀请函，尽管那些图书馆、禅修中心和书店的负责人都知道他根本没有时间前往，却仍然希望他能破例。他取出第一封已拆封的信件。

信纸是手工做的，信头印着联合国的字样，信中询问，他是否愿意接受评奖委员会高调通过的"促进民族对话奖"，并且在颁奖大会上演讲。他微微一笑。第二封信是他的传记作者卡米尔从里昂寄来的，卡米尔用他纤秀的字体请求他约定下一次访谈的日期，谈谈他在日本寺院时的经历，三十年前他曾在那里研习佛教心印以及东方哲理；当然还要谈谈他的第一次、第二次尤其是第三次以失败告终的婚姻。卡米尔保证，作为经过授权的传记作家，自己会一如既往地谨慎行事，请他相信，未经本人许可，不会有任何消息公开发布。米盖·奥里斯托斯·布兰克斯摇了摇头。他并不相信卡米尔的话，但是，除了约定日期，他还有什么选择呢。

第三封并不是信件，而是一张明信片，来自西班牙特内里费，奥蕾拉与两个孩子现在住在那里。不久前那栋房子还是他们的共同财产，现在则归她个人所有。他都快一年没见路易斯和劳拉了。他一直奇怪为什么自己并不太想念他们，为了解释这个问题，他在《宇宙问答》里又添了整整一章，写人只有对与自己的心灵并不处于同一振荡频率的人，才会产生如饥似渴的思念。当彼此亲近得几乎已成为自我的一部分时，就不需要相互守候，因为两人心有灵犀，无论相隔多么遥远，都会为对方的痛苦而痛苦，彼此间的交谈不过是赘言，是对理所应当的事情的多余证明。他盯着明信片正面的图案看了半分钟（海湾，山，旗子，海鸥），又看了看那两个小小的签名，就把它放在了一旁。

第四封信来自一位女士，安吉拉·胡奥，美景市①加尔默罗会修道院的女院长，希望他基于多年的友情（不知道究竟是他还是

---

① 也称贝洛奥里藏特，巴西第四大城市。

她记错了，他实在想不起自己认识这样一个人），略谈一谈神正论问题，指导她和她的姐妹们修身养性：为什么世上会有苦难？为什么人会感到孤独？尤其是，为什么人背离了上帝，这个世界依然井然有序？

他气恼地摇了摇头。他需要尽快换个女秘书，现在这位显然不能胜任。如此令人生厌的信本不该跑上他的书桌啊。

日已西沉，船只在泛着红光的水面上投下长长的影子，深红色的火焰颤抖着滚落天边。他曾无数次伫立窗前观望日落，但每一次都如同初见，仿佛自己在进行一项复杂的试验，暮去朝来，次次都要承受最失败的结局。他若有所思地推开那封信，拿出手枪，像上次，就是三天前那样，凭着直觉去摸保险。忽然，他想到格洛克手枪是没有保险的，这种型号的枪，扳机就是保险。他用枪管对着自己，向枪口里瞄了一眼。这是他常有的动作，在一些夜晚，一般来说都是在这个时刻。像往常一样，他感到自己冒汗了。他放下枪，打开电脑，等待着电脑嗡嗡启动。然后他就开始写了。

为什么要写这封信呢？他也不是很清楚。也许只是出于礼节，既然有人请教就该回复。又或者是因为他从小到大都对身穿法衣的老妇人怀着又敬又怕的情感。亲爱的院长，尊敬的、天佑的、德高望重的母亲，上帝不是我们可以为之辩难的。生命可畏，它美得毫无顾忌，即使和平也同样充满了杀戮，因而，无论上帝是否存在——这是我永远无法定论的一个问题，我都毫不怀疑，即便我在痛苦中死去，也无力向上帝索要几分悲悯，我的孩子的死，或是您，尊敬的母亲——但愿这一天还很远，亦是如此。

他迟疑着，眯起眼睛望向熊熊落日，又仰头深吸了一口气。他在一片沉寂中倾听。空调低沉地响着。他继续写下去。

太阳沉入大海，向水面送去的最后一道亮光也随之消逝的时候，他在写；夜色如细微尘埃填满天空的时候，他在写；水上灯光的倒影越来越清晰，黑沉的天空与山坡合而为一的时候，他在写；衬衫被汗湿透，髭须挂上汗珠的时候，他在写。夜来了。尊敬的院长，我们没有理由对生活满怀希望，即使我们用其他理由而不是显豁的事实来为他辩护，上帝确实不存在，但是每一条智慧的论据都会在深重的苦难面前、在纯粹的事实面前黯然失色，证实苦难确实存在，永远存在，随时存在。尊敬的母亲，您的思考还远远不够。唯一能帮助我们的就是善意的谎言，也就是您这样的神职人员神圣人格中隐藏的谎言。但愿您能长久保持下去，并且把对您忠实的我留在美好的记忆里……他点了两下鼠标，打印机开始嗡嗡作响。一张纸，两张纸，三张纸，四张纸，布满了字迹。米盖·奥里斯托斯·布兰克斯拿起这薄薄的一沓纸读起来。

他站起身来。他为什么要写这些呢？这不是在否认，在抹杀他毕生的事业吗，这就是一封言简意赅的致歉声明，声明他至今论述的世界有秩序、生命很美好的观点都是错误的啊。

直至他那晒得棕暗的手摸向手枪，他才明白自己做了些什么，他醒悟到时机已经溜走——他本以为他还有时间来决定。这原本只是一个半真半假的游戏，突然间就成了现实。如果他确实扣下了扳机，那么他就开创了一个新时代。世界上所有虔诚的人，所有满怀希望与梦想的人，所有把他的书供奉于书架之上、真心视他为榜样的崇拜者、膜拜者，一想到他们，他怎么抵挡得了那诱惑，他就是要给他们这样的打击！这样，只有这样，才能让他成为伟人。他的嘴角惊恐地抽搐，同时又在微笑。他写下的文字并不出于他的本意，却是真实的。

他的膝盖忽然发软了，他靠住了窗户。一架飞机在空中闪耀着画出一道弧线，一颗照明弹从一艘船上腾空而起，无声地炸裂，绽开一团火花。在隔壁房间里，不知趣的清洁女工打开了吸尘器。

他又拿起最后一页纸，问自己，这难道当真是他写的？他怎么会在软弱了那么多年之后找到了这些词句？他仿佛看到了一场教会会议，看到他的书被人从拍卖桌上拿走，看到书店里的书架出现了空缺，看到惊恐的牧师和脸色苍白的家庭主妇们，看到手足无措的医生太太和世界各地的工薪阶层，没有人再为他们娓娓论道，宣扬他们的痛苦是有意义的。他手一松，那张纸掉了，空调吹出的风让它悠悠转转，在它还没落到地板上之前，他拿起了手枪。没有保险。只需要扣扳机。他张开嘴，让牙齿包住了塑料枪管。让他奇怪的是，枪管并不是冰冷的。

他用手指去摸扳机。汗水从额头涔涔而下，他睁大眼睛看到了下方的城市，点点渔火，夜色辽远。子弹会穿透他的头颅，向窗户飞去——也许它击中的不是玻璃，而是宇宙，也许那裂缝会横跨大海、群山与天空。他明白，这会成为现实，这一定会发生——如果他，而不是这世上的任何其他人，将他对这世界的鄙视一下子记下来。只要他扣动扳机。只要。他听到了自己的喘息。在隔壁房间里，吸尘器在嗡嗡响。只要。

一篇讨论帖

我必须从头说起，对不住了。我知道 lithuania23 和 icu-lop 又会拿这个帖子的长度来取笑我，当然还有 lordoftheflakes，那个魔鬼，看他前一阵子在电影论坛上的那个火爆劲儿，但是我实在没法写得更短，谁要是心急，请直接忽略吧。想邂逅名人吗？那就仔细看吧！

　　我先声明，我是这个论坛的铁杆粉丝。像你我这样的平常人，在网上讽刺一下名人，聊聊他们的八卦，这很酷，很有内涵，能娱乐大众，又能起到监督的作用，让那些名人知道他们的一举一动都会被大众知道，做起事来也就不至于太肆无忌惮。很早以前就想在这里发帖了，可是内容呢，从哪儿来？不过，在上个周末，一下子就出现了海量的猛料。

　　前情提要。（前一段时间我的生活一团乱麻，可又不得不打起精神应付。人生总会有这样或是那样的阶段，有阴便有阳，你若是个怪人，若是从来没听说过这话，那我告诉你：这是哲学！）你们都在其他论坛里知道了我的网名 mollwitt。我在"大片网"发过好多帖子，也在"晚间新闻"、"你的文学"以及很多评论网页上发过，即便评论那些胡诌八扯的博客时，我也并不退缩，坚持使用这个网名，mollvitt。在现实生活里(真实的世界！)，我三十五岁，高个子，瘦男一个。工作日里我会打上领带，这是办公室强迫症，也是为了挣钱糊口，你们也都这样。不过，呵呵，也可能是为了让自己对生命的感知变成现实吧，我的帖子大都是些分析、观察与辩论的文章，特别是对于文化、社会和政治什么的。

我在一家移动通信公司的总部工作，跟我共用一间办公室的叫罗本迈尔，我讨厌这个人，从来没人像他那样招我讨厌，信不信由你。我恨不能让他去死，倘若还有比死更惨的，那我就祝愿他比死更惨，如果还有更更惨的，那我就祝愿他更更惨。理所当然，这种人肯定是老板的宠儿，每天准时上班，干活一向卖力，只要他坐在桌前就是在干活，只有在他瞥我一眼并且说"哎，又上网哪？"这种话的时候才会中断工作。有时候他会起身，绕到我桌旁，瞟两眼我的电脑屏幕。但是我动作敏捷，总能及时关闭网页。只有一次，由于我急着上厕所，一时疏忽，还开着几个窗口，我回来的时候，他正坐在我的座位上得意地微笑。我向你们起誓，若不是这家伙常去健身房，我非当即暴揍他一顿不可。

我们老板也是一样讨厌。一点儿也不酷，心眼坏，不是一般坏。我觉得他还是信任我的，不过也拿不准：他总是瞎琢磨我们，还制订出一些谁也完不成的计划。所谓权力游戏，我是玩不转的，我只关心国家大事、社会现状和每天都发生的那些让人恼火的事情，你们懂的，明眼人一看就知道，在报纸上写文章的人都是被收买的家伙，被写的人当然是同谋。全都是阴谋，他们沆瀣一气，发疯般地捞钱，我们这些小民只能干瞪眼。我只举一个例子，关于9·11的新闻，你们到网上去搜搜，就丝毫不会奇怪了！

回到主题。事情是从上个星期五开始的。我想在"晚间新闻"的电影论坛里发个帖子，说说拉尔夫·唐纳挨了一耳光的事。Bugclap4认为，他与卡拉·米勒莉之间肯定没戏了，而icu-lop认为还有救。我知道得更多一些，因为我刚刚浏览过其他网页，但是就在我想把知道的发上去的时候，我发现自己发不了帖了。怎么弄都不行！每次都是一堆错误警告。我火冒三丈，索性抄起了电话。

好吧好吧，事情已经很明白了，是我太轻率。但让事情变得更糟糕的是，前一天晚上我又跟老妈闹了别扭，她一直在唠叨：你应该自己做饭，自己洗衣服……真是没完没了。我忍不住回敬她："你干脆搬出去自己住，自己付房租好了！"

她吼道："你以为我愿意来！你就是想跟烂女人鬼混！"

我反击道："那回吕德斯海姆好了，老太太！"

直到半夜我们才完全和解，第二天，我头痛欲裂，昏昏沉沉。若不是这种情况，事情肯定不会发生。

好了——我瞄了一眼号码，开始拨号。我很生气，气得都听得见自己的心跳。

接电话的是个男人，声音有气无力。

我："我的帖子发不上去，已经第四回了！"

他：怎么回事，什么事情，在哪儿……没有发现什么啊。

我：解释，解释，解释，哇啦哇啦。

他："帮你转接！"

然后是第二个、第三个技术人员问东问西，恰在这时罗本迈尔回来了，在一边傻乐着听技术人员询问我的姓名、所在地、IP地址以及ID。技术员键入，打哈欠，再键入，又停下来。"请再提供一下您的IP！"

我问："有什么问题？"

他键入，停下，再键入，又问我，我会不会是第12341次在"晚间新闻"论坛发帖子。

"什么？"

他又说一遍："第12341次。"

"啥？"

他问了第三遍。不明所以。我挂断了电话。

我知道，现在你们一定已经笑翻了。但是谁能保证一辈子警觉啊，所以悲催的事总会发生。当我再次试着发帖的时候，帖子一下子就发出去了，大家讨论得很热烈，要回复的也很多，我也没再多想这件事。是时候爆出原因了。我就说，拉尔夫·唐纳和卡拉·米勒莉不会重归于好，唐纳这人脑子里除了垃圾没别的，长相嘛奇丑无比，把这人忘了吧！

过了几个小时，我突然醒悟，我是不是做了一件大蠢事？说出了真实的名字，真实的地址，还有 IP，这下子我不是完全暴露了吗！这太让人难受了，我说真的。但是当时我忙得头昏脑胀，根本不可能好好想这件事：我正在 thetree.com 跟 lonebulldoggy 争得不可开交，我还得好好看看技术部送来的一份关于号码分配问题根源的警告书，这是老板扔在我桌上的。这份文件我前天就收到了，我把它转给了郝伯兰，一定是他又发给了上司，也许只是为了让我出糗。这混蛋跟罗本迈尔可是一个鼻孔出气的。

忽然，老板派人来喊我去一趟。哎哟，我吓晕了，心跳加速。难道是因为 IP 的事？我站起身，走去办公室，竭力装酷。咱可不是什么随便的小民，咱在联邦总统访客签字簿上留过名（不过又被擦掉了），别想随便踩我，只要有必要，管他是谁，我一样出手。

就这样，我站在老板面前。他用可以洞穿我的眼神看着我，就像白袍萨鲁曼，又像《巴比伦五号》里的佛隆人考什。他看着我，我看着他。真是冰冷得一触即发。两个男人，同样的眼神。绝对不是虚张声势。

可是他开口说的是什么欧洲通信业大会，还说后天就要开幕。他本想亲自前往，却难以成行，但是我们部门必须派一位代表参会，还要发言，题目是"国家级 VS 欧洲级的电信标准"。

我愣了愣才明白过来。真他妈的操蛋。你们得知道，我痛恨出差。火车上的座位窄得不像话，正常人谁坐得进去呀。还得当着一大堆不认识的人发言，我哪儿能行啊。

于是，我：我不行，我做不好，我不想做，而且我还有其他工作。可是，他：胡说，您一定得去，除了您还有谁能去。那我能怎么办呢？我："行，老板！"他："您是我最好的员工！"我："您过奖了！"他："千真万确。"来来回回说了些套话。我回到办公室，看了看文件才知道，发言要求用英语。真是混账！英语？混账！

回家路上，为了平静内心，我翻了翻米盖·奥里斯托斯·布兰克斯的新书。这家伙写道，不要把事情郁积在心，应该学会接受。太对了！他还写道，将整个地球都铺上地毯和自己穿上鞋子，哪一种方法更好呢？我马上把这句话摘抄下来。哇，他是怎么想出这种妙语的啊！

后来我又跟老妈吵上了。什么，整整一个周末都不在家？那我该怎么办，你是不是根本不在乎我？

我："那你就出去，去看看电影！"

"我不知道，我不想去！反正不对，你一定是想和哪个浪货去约会！"

我："瞎说，根本没这回事……"

她："你骗不了我。你就是去泡妞，把我一个人扔在家里。早在三十七年前我就该预料到……那时你多么可爱啊，那么小。"

我："你要是看不惯，搬出去好了！"我一直跟她这样说，你们都知道。

"那谁来给你做饭？"

好吧，她赢了。我把门一摔，将自己关在屋里。我翻看着米盖·奥里斯托斯·布兰克斯的新书，一边想用 Dot B 登录电影聊天室。当然行不通，服务器太忙，原因还用说吗，这会儿人人都想登录。与事物合而为一，与合而为一的结果合而为一，与你和它们的合体合而为一，与你的愤怒合而为一，假若原子弹从天而降，就与原子弹合而为一。哎哟，乱了乱了。我知道我确实很忙，工作和杂事太多，但是假如我接触到了深刻的思想，还是能理解的。后来我的思路被岔开了，因为 lordoftheflakes 又在那里喷粪，proctor、3helgoland 和 birnenfreund 也跟他一伙儿，后来又来了两个我不认识的新用户，凭他们说的那些，我非得狂卷他们一通不可。（也没准这两个都是 lordoftheflakes 的马甲，真让我受不了，烦人！我当然也有三个马甲，但只有在碰见特别讨厌的人而且着实没办法时才用。）是的，我应该准备我的发言，可那是后天的事儿，这会儿我没办法集中精力去想它。到了半夜，我得上几家私人网站瞧两眼，都是很温和的网站，你们知道，那儿没有一个火暴脾气，火暴可不合我的胃口。然后我就去睡觉了。

第二天：坐火车。我很难受，座位当然还是那么窄，不过火车上的人并不算多，我把中间的扶手拉起来，坐了两个座位。窗外闪过房子、道路、泥泞的草地，这是火车车窗提供的全套节目。然后下车，乘扶梯下去，乘扶梯上来，连嘘带喘，出了一身臭汗。不过我还是赶上了要换乘的火车，继续欣赏草地、农家院和油菜田。整整六个小时的火车，我都快疯了，坐立不安，真想不起上一次离开网络这么久是什么时候了。总算到站了，一辆小巴士和司机在等着我，还有参会的其他人。他们全都打着领带，拿着公文包。

"旅行啊，真是地狱！"在路上我对身边的一个讨厌鬼说，"何必呢，我们完全可以运用网络在家里开会！我能看见您，您也能看见我，轻松容易，毫无压力。"可是那个呆子只是瞪着我，挪了挪长椅上的屁股。

一到前台，我就追问该怎么上网，可是前台小姐只是呆头呆脑地看着我。

我："网络！喂，网络。"

她："不能用。"

"怎么回事，劳驾，怎么回事？"

她：是的，很抱歉，恰巧故障了，本来每个房间里都可以无线上网，但是现在不行。

我：只会干瞪眼是吗，根本没检查吧。

"下个星期会修好的。"

我："好厉害。真是给我帮大忙了。修什么？"

她又呆呆地看着我。真是笑话：这是她的理解空白区。而我心慌得险些昏过去。这家酒店孤零零地坐落在一片肮脏丑陋的荒原上，没有村庄，没有网吧，除非有人肯借给我无线上网卡，否则彻底没戏。得了吧，没有人能借给我上网卡，谁都怕别人把下载电影的费用记在公司的账上。这真是悲剧。黑洞。暗夜。

晚饭了。我就不用描述了吧，你们都熟悉：自助餐桌边，你推我挤，撞来撞去，刚想去拿点好吃的，转眼就没了。坐定之后，我的右边是德国移动通信的一个大胡子，在高谈阔论他新装的实木地板，左边是沃达丰的一个瘦干女人，说她姐夫的侄子用超便宜的价格买了辆欧宝什么的。我呢：静音。我在陌生人中间向来不开口。我说不出，也不爱说，我就是没这本事。我又去了一趟餐台，后来又去了一次，再后来我就昏昏沉沉的，想吐，不过还是去了一次，然后走到外面的停车场，抽了根烟。室内禁烟，哪儿都不让抽。跟你们说，纳粹时代也不过如此！

正下着雨，大雨。遮篷下站着个男的，抽着烟。天色近于全黑，我一开始只看清了他的身形和那个光点。在向他借火，而他慌乱地摸索打火机时，我认出了他。

"莱奥·里希特！"

他一哆嗦，看着我。就是他！

好了，我问问你们：换成你，你会怎么办？先说明一下：好多年前我就是他的粉丝，狂迷他。有一本书，书名我一时想不起来，说的是拉拉·加斯帕德在巴黎讲课的时候遇到了一个颓废无用的男人，在最后一个故事踏入了死亡的国度。这本书太令我着迷了，那真是一次不可思议的壮美旅行啊。那风格，那幽默感，太牛了。不过最棒的是那个女人。说实话，我的艳遇指数不高，我碰到的女人总是废话连篇，"让我安静会儿，做个好孩子，可别这样，你走开！"，诸如此类，一大堆屁话，你们都知道。我上"怕谁"交友网①，刚有点儿眉目，一上传我本人的照片，立刻就没有响应了。但是拉拉这个人，我知道，完全是另外一回事。她不是那种以外表取胜的女人。虽然她长得很另类，但是她很有智慧，她不在乎男人的外表。她的想法跟我一样。我的也跟她一样！我知道不该这样来读书，但有时候也可以吧。怎么样，这些话疯狂不疯狂？

其实我知道，她是编出来的小说人物，我当时就谷歌出来了，这是莱奥·里希特独自在巴黎写的，他老婆蹬了他之后，他写了拉拉离开她老公后的三个故事："月亮与自由"、"米勒先生和永恒"，第三个故事我忘了名字。总之，他的遭遇，她后来也经历过，他做的事，她后来也做过，而他遇上的人，都出现在某个故事里。在"文学之家"的论坛上，有人称这是"自传式的自恋"，但是被我一顿狂卷后，这家伙再也不敢不懂装懂叽叽歪歪了。这种垃圾货。但是那个故事，讲一位老夫人去瑞士自杀的那个，我表示不喜欢。

---

① Parship.de，德国一个比较严肃的交友网，需要进行心理和性格测试。

那里头没有一丝他的影子，结尾也没意思，不知道谁能明白，反正我不明白。

"您的书！您知道我是在哪里读的吗？"

然后，我打嗝了。这很正常：激动嘛。何况我是个很不擅长与陌生人搭讪的人，一般情况下我也不这样。但是我太激动了。"从慕尼黑到布鲁塞尔的路上！在餐车里！车到站了我也读完了。"

他看着我。转身，又转回来。动作古怪，很笨拙很紧张的样子。

"时间正合适！从慕尼黑出发的时候我开始读，到了布鲁塞尔的时候读完。多合适！我是去那里参加通用移动通讯系统(UMTS)的培训。"

"很好。"他说。

（拜托，这可不是我胡编的！一回到房间我就把他说的话记了下来。因为，当然了，我马上就想到了论坛。）

我："您的灵感是从哪里来的呢？"

他转过身，看着碎石子地面，又抬头看看遮篷，这才转向我："在浴缸里。"

"啊啊，真棒。真的？"

"当然。"

"酷啊。真想不到！浴缸里。"

我们沉默了一会儿，他吸烟，我也吸烟。雨忙着下。

然后，我："您眼下正在写什么？拉拉会怎么样，有什么构思？

哦，我可以称呼'你'吗？"

他扔掉烟头。"我得进去了。"

"你在这儿做什么？世界这么大。"

"来演讲。"

"啊？"

"有家银行在这儿办讲座，通过我的经纪人邀请我来。我想干吗不来呢，到乡下住几天。可老是下雨。"他看看我，好像这得怪我似的，又说："下个没完！"转身进了屋。

我站在那里，又抽了一支烟，冻了一会儿，回想着刚才的巧遇。我的上帝呀，哇哦。然后我也回了房间。

我承认，我是有些晕头转向。最近事儿太多：跟老妈吵架，稀里糊涂地透露了自己的IP，还要为明天的会议担心——好吧，我是专业人士，来场发言小意思，可我已经九个半小时没上网，根本不清楚外面发生了什么！我丝毫不知道lordlftheflakes、icu-lop、ruebendaddy和pray4us在我的帖子下回复了什么。一想起这些胃都绞痛。我看了会儿电视，全都是垃圾节目，还没法淋浴，只有个浴缸，却又小得进不去。看来今天别想解决个人卫生了。

我还在我的笔记本前待了几分钟。PPT，真没心思做。打了几个字，把窗口拖来拖去。可就是不想弄。明天再说吧。上床，关灯，埋头大睡。像老妈常念叨的，做梦娶媳妇去。

怎么也睡不着。几个喝醉了的讨厌鬼在楼下唱歌。楼道里总传来踢里踏拉的脚步声。出来开会，这些坐惯办公室的家伙不再装模作样，而是翻江倒海地灌酒。我脑子里一团糨糊，太传奇了：我居然跟莱奥·里希特——拉拉·加斯帕德的缔造者住在同一幢楼里。他可以操控她的视野和举动。跟他握手几乎就等于摸她的小手——你们懂我的意思吗？

就在这时候，在这间黑暗的房子里，我想出了一个绝妙的主意。如果有人像我这样常泡在网上，他就会知道——该怎么表达呢？他就会知道，现实并不代表一切。有一些空间，人的躯体不能进入，而想象可以。这些空间是真实存在的。与拉拉·加斯帕德见面——是可行的！在一个故事里见面。

莱奥不是把他看到的都写进书里吗，还有他见到的人，遇到的事？对呀，他也可以把我写进去。我绝不反对！出现在一个故事里，跟出现在聊天室里没什么区别。不过就是换个频道转播嘛。在故事里我会变成另一个人——虽然也还是我，跟拉拉处在同一个世界里。

你们懂吧？我是这个作家的骨灰级粉丝，我想进入他的故事。我一定得让他认识我，我一定要引起他的注意！要么成为他的兄弟，要么……总之要让他记住我。我这悲催的人生啊，总是跟老妈吵架，还碰上个恶心的老板和猪头罗本迈尔……现在我仿佛解脱了。入睡的时候，我感受到了久违的幸福。还有，你们知道吗，我居然觉得自己轻飘飘的。

第二天早晨：醒来。浴缸还是那副德行，那么小。下楼去吃早餐。倒霉催的，居然同时拿了三个盘子，右手一个，左手一个，另一个放在中间平衡，不用说，正是这个掉在了地上：撒了一地煎蛋，还有熏板肉、两根小香肠，它们通通变成了垃圾。莱奥坐在角落里，一个人。我当然向他走过去："睡得好吗，老大？"

他瞪眼看着我。他看人的模样很古怪，瞪大眼睛，嘴唇不停地哆嗦。我向你们保证，这人不懂什么是放松。

"昨天我们没来得及好好聊聊！"开始吃饭。掉了一点煎蛋，不值得在意。"你愿意了解一些我的事吗？"

"什么？"

我介绍了自己的名字、职业，还简单说明了我所在部门的具体职能。还谈了谈我老妈，以及同我一间办公室的那个二货。

"我得走了。"他说。

"你还没吃完饭！"

但是他已经走开了：走出去，出了门。这神经病。作家嘛。我吃掉了他刚刚涂好果酱的吐司，否则多可惜。然后我去前台询问上网的事情。嘿，你们猜怎么着，这家烂酒店更烂了。还是没戏。然后呢，去会议室。

别紧张，我不会啰唆太多细节让你们打盹。关于开会也是一样。演示图片，题板，可惜都是用英语写的，中间穿插了多次握手环节，不过没有人向我伸手。只有一个人想多了解一下我们的部门，可我又说不出什么来。我只能傻傻地瞧着他，直到他走开。终于到了午休时间:有火腿卷、蛋黄酱、鸡蛋、火腿芝士蛋卷，没什么，我吃过更差的伙食。第三次去拿食物时，我承认是装得太满了一点，一个领带男正好挡住了我的去路:"您这是为灾难做储备啊？"我脱口而出:"靠，你妈的混蛋，死一边去！"他一下子就躲开了。我有时是会发神经的。我也知道这样不好，也感到歉疚，可我管不住自己。

还有几分钟的休息时间，我去了前台。"我有急事要跟莱奥·里希特谈一谈！"

她在电脑上敲了几下，拿起电话。莱奥接了电话。他刚才一定是在睡觉。"是谁？"

我说出了自己的名字。

"谁？"

我的天哪，他居然又把我忘了。"请考虑一下，我们共进午餐怎么样？我有好多事要跟你说。都是很棒的故事，你一定用得上。我的经历丰富得很呢。"

可是，咔嗒一声，电话断了。这烂酒店。赶紧再拨一次。"还是我，怎么样，可以一起吃饭吗？"

他咳嗽起来，好像感冒得不轻。"不行啊！"

"那晚些时候呢？"

沉默。

"你在听吗？"

沉默。

"你来听我发言行吗？"

"恐怕不行。我很忙——"

"题目是国家级 VS 欧洲级的电信标准。你一定会觉得很有意思呀！"

他咳嗽着。

"你看，电话需要一个叫作 ISM 代码的东西来确定身份，举个例子来说，你想发送一个命令，但又不在局域网当中，假如——"

咔嗒一声，接着是占线的蜂音。这不是偶然，我没那么脑残，这是他挂断的！搞艺术的人——也太内向了吧！而我呢，心脏狂跳，烦躁不安，怎么办哪。

当然，我这样还是因为发言的事。休息之后就轮到我了，无处可逃了，没有时间了，眼一闭心一横，生死由他吧。

大家都在会议厅里。不知道是哪一位向我伸出手，然后又是一位，又是一位，我全都不认识。话筒前有个领带男宣布，我的老板不能前来，由我代表。接着是掌声。我：起身。三级台阶，很高。我站在上面，呼吸困难，浑身冒汗。笔记本打开，网线插上，我做的 PPT 文件出现在大屏幕上，这技术，一流啊，你们要是见了也会喜欢。

起初进展得超顺，清清楚楚，图表一个个翻过去，我谈了

UMTS 的新进展和国家安全协定，谈谈优缺点、问题、机遇，我觉得很容易。

忽然我看到了莱奥。

也许不是他。你们知道吧，会议厅里半明半暗，两束聚光灯打在我脸上，我根本看不清后面那个黑武士般的身形究竟是不是他。但我确实邀请了他。那个人如他一般身高，也是那副坐立不安的模样，也像他那样不停摸着额头。可是，面孔呢，是他吗？我向前探身，没用，一团模糊。从那一刻起我就出事了。

开始结巴。真的，前言不搭后语，七零八落，而且想不起那些词语用英语该怎么说，笔记本也出了问题，后面的效果图不显示了。我手上的汗呀，怎么拿得住鼠标？所有的目光齐齐打在我身上，而且烫人哪。你们千万别像我似的（啊，不，lordlftheflakes除外）。我当时就想这不正是莱奥需要的吗！一个业务精熟做报告却卡壳的好人，很酷的故事，不是吗？打赌！忽然，我像是在自外而内地看自己，而且那个人不是我，于是我更语无伦次了，于是更更语无伦次了。

手上的汗冒得更凶了，鼠标一滑，啪嗒一声落在地板上，我——唉，我居然弯不下腰去捡，我能怎么办？呆立在那儿，不知所措。观众席中有一个人笑了起来。紧接着后面也有一个人笑了起来。然后是前排的三个女人，最后全场爆笑。我问自己不是在做梦吧。我好像做过这种梦，你们也一样吧，人人都做过。但是这个梦是现实版的，一比一真实呈现的，还是完整版，人人参与。我又努力挤出几句话，闪念一想："如果就此玩儿完，那又怎样？"事情真的发生了，我再也听不见自己的声音，因为我再也发不出声音，我看到自己站在那里，任凭自己站在那里注视自己。地狱啊。与此同时他们在笑。我强自挣扎，对着话筒说自己身体不适，蹒跚着走下了三层台阶，幸好我没有倒下。一个领带男问我是否需要医生，我对他说少管闲事，走了出去。

全完了。暴汗。头晕。软瘫成一团。浑身湿透。我必须想办法缓解一下，摆脱这局面，冷静下来。站在大堂里四下看，恰好看到一个男人从桌边站起来，向卫生间的方向走去，把笔记本丢在那儿——插着无线上网卡！我走近些，再近些。坐上那把扶手椅，将键盘敲得飞快，疯了一样。先上"电影"论坛。确实，bugclap用标注式的狂骂来回复我那些实事求是的帖子，我屏住了呼吸——你们这些家伙是怎么回事，死哪儿去了！我必须快速回复，必须。

又想起刚才的发言。既然遭遇了狗屎，那就让狗屎来得更猛烈吧。我双手颤抖，迅速进了论坛，跟pay4us说，有个蠢猪早就该死了，去死吧。然后进邮箱，但是没有新邮件。我忽然想起自己泄露IP的事，会不会有人找上门来？那些有权有势的人毫无顾忌，想怎么干就怎么干，而我已经从总统到权贵骂了个遍。又到"晚间新闻"论坛写了点东西，说今天所有的头版文章都是狗屁。其实我一篇也没有读，但是这没关系，它们反正会被删除的。写完我平静了很多。就在此时，我身边响起一个声音："嘿，这是怎么回事？"

我：怎么，什么，怎么了？我居然没想有起来。我脑子里全乱了，你们得相信我。

"这是我的电脑！"

这时候我还能嘴硬吗？于是：对不起，很抱歉，弄错了……一堆废话。我站起来穿过大堂。这时候我看见有人从另一个会议室里出来：领带男，丝裙女，可是，走在中间的那个人，你们猜是谁！

我立刻走过去。一个人说："您知道我是在哪里读这本书的吗？在从汉堡到马德里的飞机上。"莱奥点点头。他的模样很怪异。

另一个人："您的灵感是从哪里来的？"

莱奥一哆嗦，转过身来，摇晃了一下。完全是神经质的表现。"我现在还有事！"

"多么精彩的演讲！"一个女人说。她戴着眼镜，一脸褶子，头发高高盘起。"发人深省啊！"

另一个女人说："您能和我们一起用餐吗？"

想都别想。我抓住他的肩膀："别再问了，我们已经约好了！"这对我来说压力多大，让我疯狂吧，汗流个没完，但是我什么都顾不上了。"打起精神来，现在我们去喝一杯，作家莱奥先生，走吧！"

他挣脱开，跑向前台拿钥匙："305房间。"我说得千真万确，因为我的耳朵很灵，而且我知道在论坛里说话准确度是多么重要，发布消息时，信息和数据都要准确。事后我多次回想，但是确定无疑，305。我听见了！

莱奥疾步走向电梯，快得让我追不上，我实在走不了那么快。旁边有个女人对领带男说："好遗憾啊，不过讲演真是精彩极了。"领带男回答："唉，这人就是不大通人情。"另一个人："我倒觉得很闷。"那女人冲着我："您是什么人？"

我不想费口舌，一句话也没说就走开了。我去了酒吧，要了一杯威士忌。喝完又要一杯。走公司的账。再来一杯。不断有人走过，向我转过头，笑笑。你们知道吧，这些人，随时都会拔出枪来，他们超级血腥，我懂他们。只不过我不是这种人。枪械那一套我玩儿不转，也根本不知道能从哪里弄到手。

一杯威士忌放不倒我，还要再喝几杯才会有点感觉。但是喝了第四杯之后我感觉天旋地转。头晕了，舌头大了，眼直了，反正喝醉了就那德行，你们都知道，也不用我细说。忽然间我悲从中来。我不知道自己该怎么办啊。

拉拉·加斯帕德。机不可失。我站起来（要不是酒劲壮胆可没这么轻快），乘电梯上三楼。305 房间。

敲门。没人应。

用力些。

没人应。

砸门。

忽然一个打扫房间的女服务员从天而降。我当然被吓了一大跳。对不起，我敲错门了。刚想溜走，可是她说："您是被锁在外面了吗？

我当即回答："是啊！"必要的话，我的脑筋可以转得飞快，斯波克与我相比也不过是只猴子。她把房卡插进锁孔，哔的一声，门开了。我走了进去，开了灯。空空如也，床上没有动过，不见莱奥的人影。

我一下子冒了汗。我想，可不能再越雷池半步了，可是你们知道吗？出汗的同时还在蠢蠢欲动。这就是莱奥·里希特的房间啊，我想。我四下观看，打开抽屉和柜子。这是拉拉·加斯帕德的房间，从某种意义上说，是她的啊。上帝啊。

柜子里放的都是日常用品。内衣，一台笔记本（我开了机，但是要求输入密码），几本书：柏拉图的，黑格尔的，《薄伽梵歌》。这有什么用，奥里斯托斯·布兰克斯的《智者语我》里面不是都说了嘛，而且说得更清楚，更好懂。我坐在床上。听着，我绝对不是瞎说，我感觉自己好似御风而行。当然我也害怕：若是莱奥突然进来，他肯定会喊"救命"的。但是，我总要想方设法引起他的注意啊。一定要进入他的故事。我还有什么？机会稍纵即逝。要是能管用，我甚至会抽他一耳光，可是他不在这里。

我四下张望的时候，房间里就是这样，你们别问我。乱七八糟:抽屉拉开了，纸条四散，电脑躺在地板上，屏幕可能都是坏的。从笔记本里扯下的几页纸揉成了团。被子扔在地毯上，浴室的地砖上摊了一堆东西，还有玻璃碎片。这是我干的吗？也许你们相信，也许不信，但是我说不清楚。我还在他的床上躺了一会儿。真软。我把脸埋在枕头里哭了好久。想着拉拉。

很快溜走。走廊，电梯，下楼，回我的房间。刚走到床边，两腿一软我就倒下了，一时间天旋地转，上帝呀，我醉了吧。

我是被头痛折磨醒的。浑身被汗浸透了，脑袋一跳一跳地痛，口臭得像是吃了死牲口。这是早上七点。电话里有九条老妈的留言，我和衣睡了一夜。脑袋里咔嗒咔嗒两声，我才回过神来。

我一定要同他谈谈。果断地谈谈，将一切和盘托出，我是怎么和你们说的就去怎么和他说。过后随他处置，也许他并不反感，这可以成为一个故事啊。这样我就能出现在故事中。说去就去，吃早饭的时候跟他谈。

我去餐厅等他。吃吐司面包，吃麦片，吃煎蛋，喝咖啡。翻了两份报纸。我多久没从报纸上看过晚间新闻了，都是在网上看。这报纸挺有意思，还有一页很不错的科技版，可是这让我想到自己不能上网这件事，于是一下子把它推开了。又吃了几个小面包，两根肠，几块熏三文鱼，一块萨拉米香肠，两片果酱面包，又吃了点煎蛋。老妈做的早饭不好吃。她总说："吃不惯你就自己做，自己买去！"诸如此类。好紧张。他马上就会来了吧。

可是没来。昨天那帮讨厌鬼倒出现了，瞅着我笑，一边窃窃私语。我向你们发誓，我若不是个好脾气的人，说不定哪天就会爆发，我会制造人间地狱，爆头，把人烧死，算得了什么。

我按捺不住，起身去了大堂。前台女一见我就摇头：没有，没有，还是上不了网！

"我要跟莱奥·里希特通电话！"

"他已经不在这儿了。"

"什么？"

"他昨天晚上就走了。"

好吧，我确实太吵闹了一些。我不该拍桌子，更不该用双拳砸桌子。其实她也不该盘问我去了谁的房间……幸好她什么都没明白，而我及时住了嘴，我还没全疯。我又问她会不会弄错了，逼她再查一查。然后我闪了，给老妈打了个电话。

我太孤独了，她说，我哭了一整天。"你现在怎么总是这样？你是不是跟哪个贱人在一起？"

没有，我向她保证，根本没有！

"谁信呢。"

我也哭了起来。我知道自己哭得像个傻子，但还是说了出来，因为你们根本不认识我也不知道我是谁。就那样，我在大堂里哭了一鼻子。

好啦，她说，好啦。"我相信你了。可是你要答应我，再也别这样。

别再整整一个周末都把我孤伶伶地丢在家里了。再也不了，行吗？"

我答应下来。

是啊，我为什么不答应呢？我可以安分了。还会有别的人愿意跟我在一起吗？至少我现在在"名人糗事"论坛上有料可爆了。但是我忽然醒悟，这些料里没有妙语，没有高潮，没有爆点，什么都没有。所以它也不会成为一个故事。

这一切都因为我再也见不到莱奥。我在"文学之家"论坛和亚马逊发了帖子，说他的作品都是垃圾，其他别问了。但是这不会有任何结果，没有人去读我的评论。

酒店的人什么都不愿告诉我，不留地址，也不给电话。他不会有只言片语写到我，我永远都见不到拉拉。我唯一拥有的就是现实：工作，家里的老妈，老板，还有那个大蠢猪罗本迈尔，唯一可以让我逃离的，就是论坛，譬如这里。（但我无论如何也不是 lordlftheflakes 那样的魔鬼，也不是 icu-lop 或者 pray4us 那样的脑残）。我永远只是我。我只在这里，在这个网站，到别处去吗：永不。没有另一个世界。一大早又要去上班了。预报天气很糟。就算好天气也无所谓。一切继续向前，向前。进入一个故事吗？现在我知道了，永远也不会。

我的谎言，我的死

我是在一个星期三的晚上认识露西娅的，在电信专利协调局的一场招待会上。从那天起，我就成了一个骗子，一个失败者。

　　九年来我一直与汉娜一起生活，至少从理论上来说是这样的。她与我们的儿子和小女儿——还是个婴儿——一起住在德国南部一个平静的湖畔小镇上，那儿是我的出生地，也是我如今度周末的地方。到了工作日我就要返回汉诺威附近那个灰不溜秋的社区，这是我就职的公司千挑万选的总部所在地。汉娜比我年长一点，她一个人应付得过来。当时我对她来说没有太大的意义。这一点她明白，我也明白，彼此心知肚明。但汉娜就是汉娜，我们家里还有个吃奶的孩子，我当时就很清楚，这个情况不能让露西娅知道。

　　我会留到后面再来描述露西娅，找机会吧。现在我只说一下，她个子高挑，头发深黄，棕色的眸子，很圆，亮晶晶的，像仓鼠的眼睛，盯着一个地方看的时间永远不超过几秒钟，感觉怯生生的。我注意到她，是因为她先是把杯子掉到地上，紧接着又打破了一个被随意摆在平台上的花瓶。她穿一条无袖的裙子，胳膊肘以上如无瑕白璧。我看着她站在碎片旁边，当下便想，如果放弃碰触她的机会，如果不能将我的呼吸与她的融为一体，如果不能近距离看她转动着的眼睛，我宁可死去。

她是研究化学的。我不大懂她的工作，大概与碳相关吧，还与人工合成什么的——肯定还与什么核聚变、什么无中生有获得能量——有关。我只能频频点头，附和：啊，是啊，当然。我微微俯首，好嗅到她的香水味。她问我的职业，问我来此有何公干——我不知道她指的是来到这个城市还是这场招待会——在我回答她之前，我必须想一想由我的身份而产生的种种关系网。此时它陌生而遥远，像是世界那一边的天气。

我是，在当时是，一家大型电信公司号码分配部门的经理。现在我已经失业了，也许还会有某个公司雇用我，但可能性不大。你们觉得这工作很无聊吧，实际上要无聊得多。没有人在我的摇篮旁唱过喜歌，当我母亲谈到她儿子的锦绣前程时，也没想到我会干这个。我曾经弹得一手好钢琴，画画也差强人意，我所有的照片都证明我是个有一双聪明眼睛的可爱孩子。但是这世界会打碎几乎所有的梦想，凭什么我的美梦就该成真呢。我父亲对我说，靠看书你没饭吃。听了这话我愤愤不平，不过，等我的孩子到了那个年龄，我对他们也绝无二话：靠看书你没饭吃。我在大学里念了电子技术专业，方向是移动通信。我学习了在当时来讲还是模拟型的移动电话技术（这似乎已是非常久远的事了），学习了 SID 安全标识码、MIN 移动识别码以及所有让人声在百万分之一秒内传遍世界的方法。我上了班，让自己习惯了下午办公室里飘着臭氧与咖啡香气的懒散。我先是管五个人，后来管七个，最后是九个，我惊奇地发现，人与人之间如果没有敌视就无法合作，如果不被憎恶就没法管理。我遇到了汉娜，我对她的爱胜过她对我的爱。我成了一个部门经理，并且被调到了另一座城市，这通常被人叫作成功。我挣得多，我孤独。晚上我借助字典读读拉丁文的书，或是看看电视里充满假笑声的喜剧片，我接受现实，这就是生活，怎么说呢，人可以有追求，但是往往得不到。

此时我站在露西娅面前，心脏在狂野地跳动，我像侦探一样转弯抹角地打听她是否成了家，她的生活里有没有一个他，是否有机会在某个时刻，当然不久后更好，最好就在这个晚上，把自己的嘴唇压向她的肩窝。她不时笑起来，将酒杯举起又放下，我看得到她修长的脖颈、她肩部肌肤下面跳动的脉搏和她丝缎般的头发上的光线，透过眼角余光，瞥到她那如影如幻的身形。人们把酒杯碰得叮当响，他们在笑，在交谈，还有人在什么地方发表演讲，但是这些我完全没放在心上。露西娅说，她不久前才来到这座城市，实话实说，她一点都不喜欢。她轻声笑了，我不能确定她是否当真向我投来了媚惑的目光，也许那是个幻觉，因为光线昏暗，而我心旌摇荡。

"您有手机吗？"

"有啊，"我吃了一惊，"您想打电话吗？"

"不是，手机在响呢。"

我摸衣兜，掏出手机来。确实，我已经听到音乐渐渐响亮。屏幕上出现的是汉娜的名字。我摁下了接听键。露西娅好笑地看着我。我不明白这有什么可笑。我觉得很热，但愿自己的脸没有涨红。

"我不久前才有的，"她说，"我觉得它挺可怕的，将一切都变得不真实。"

我用了一秒钟才反应过来她说的是手机。我点头附和，表示她说得完全在理。我根本没明白她是什么意思。

只剩下几位客人了，他们手握酒杯，分散在这间屋子里，我想，不知道她究竟为什么一直留着，为什么一直在我身边。我说，我们还可以到别处去喝一杯。这是陈词滥调了，而她似乎懵然不知，或者，她以为我并不知道她已经完全明白，又或者，她佯装不知我已经完全明白，总之，她说，好啊。

就这样，我们随意走进了一间清静的酒吧，露西娅说话，我点头，不时也插几句。房间仿佛在缓缓地转动，我真切地嗅到了她身上的香水味，她好似不经意地摸了一下我的胳膊，一道电流穿过我的身体。她的手抚到我的腰际，便再也没有抽回去。不知何时我们紧贴在一起，我能看到她眼里的毛细血管，我知道，这不再是心愿和梦想，也不再是由我的孤独生出的遐思，它真实地发生了。

"你住在这附近吗？"她问我。

我的手机响了。

"又有电话？"

"是一个朋友。他有好多麻烦事，总是在最想不到的时刻打电话来，无论是早上还是中午或是晚上。"那时我还不精于说谎，然而，我说出来的时候，仿佛看到我那位陷于水深火热之中的朋友站在面前。他满面愁苦，一身酒气，胡子拉碴，被生活折磨得遍体鳞伤，正盼着我指点迷津。

"可怜的人啊，"她微笑着说，"你这个可怜的家伙。"

"是啊。"我应了一声，接着回答她先前的问题："我住得很近。"

其实我住得相当远，坐出租车要半个小时。我们并排坐着，有些尴尬和疏远，都不说话。出租车司机在吸烟，收音机里传来如鸽子般咕咕低鸣的东方音乐，外面，店铺的灯箱向着夜色空虚地闪烁着，下面站着衣衫褴褛的人。天气很冷，这种情形让我忽然觉得很好笑。我猛然想起自己没有铺床，又琢磨着怎样才能把那只自我十岁起就和我共居一室的毛绒小象藏起来。一直到我们走进楼梯间，这件麻烦事似乎还无从解决，然而她根本没有注意到。凌乱的床，摆在餐桌上的一堆用过的茶碟，都无关紧要，因为我们刚进门就相互搂抱着滚倒在地了。

她把我的背抵在墙上，将唇覆上我的唇，而我手忙脚乱，几乎喘不上气来。她用双手环着我的脖子，膝盖挤进我双腿之间，我旁边的一本书掉落在地板上。她扯着我，我听见了自己衬衫领结被扯掉的声音，她把我一直带到了房间正中，用力向桌子推去，两只空杯子落在了地上。我抱住她，让她紧紧地贴住我的身体，因为欲火中烧，也为了防止她再毁坏什么东西，几秒钟里，她的眼睛与我只有分毫之距，她的气息弥漫在我四周，我们共同呼吸。直至今日，这几秒钟于我而言仍然像是从时间长河中脱身而出的几秒。也许现在到了火候，该描写她了。

她比我高半个头，肩膀很宽，宽得像是乡下人——与我那柔弱黝黑的汉娜截然不同。她身上墩墩实实，只有脸部线条很精致，弯眉毛有些稀疏，嘴唇也不太丰满。她的胸部比那些与我相距遥远、让我不敢奢望的女人更大更浑圆。她漂亮吗？我判断不出，直到现在我也还是不知道。但她就是她，让我渴念，让我可以毫不犹豫地在我的、她的、任何人的生命里付出一年的时光，只为我捷足先登触摸到的她。在那个时刻她吸了一口气，我真实地将唇压在了她的肩窝里，我的生命被分成两段：在那之前，在那之后。永恒的分割。

一个小时后我们仍然没有疲倦。也许已经超过了一个小时，也许还远远不到：时间仿佛飞快地向前又仿佛飞快地倒流，拖着一条长而纠结的尾巴，像是一部从线轴上放出来的影片。事后我丝毫不觉，这究竟得怪我那不靠谱的记忆力，还是现实的确那样混乱。我只记得自己平躺着，她的身体压在上面，窗玻璃在稀薄的光线中透着银白色，她的手放在我的肩膀上，头向后仰；而在另一个记忆里，她又躺在我身下，双手掐着我的脖颈，当我的一只手在她身上游走，直至她如绝望又如疼痛般呻吟起来，她始终避开了我的眼神。我在她的体内，她在我的体内，我们半在床上半在地下缠作一团，好像我们合而为一，又好像化身千万。她一只手放在我的嘴上，我的双臂搂住她的腰，恰在此时，汉娜惨白的脸出现在我面前。我们直起身来，我的后脑砰的一声撞在墙上，她全身的重量都压在我身上，我们所处之处像是坍塌之后又重新组合的地方。当那个柔软的躯体覆盖在我身上时，我们从头开始。过后又搂抱了一会儿，像是在缓缓流转的泥沼里挣扎，因为不想就此结束。但最后我们仍一分为二，她存在，我也存在。她讲起她的经历来，我很愿意听一听，但是我已经沉入了无梦的昏睡。

清晨，又开始了。是我摇醒了她，还是她将我从梦中唤醒？我不知道。我只看到了窗外已经发亮、格外明净的天空。白色的枕头上，她的头发在霞光里变幻着颜色，此时有些发红。还早啊，她叹息了一声，我们又沉入睡梦，潜入了这几近逝去的夜晚的最后一个梦。

我醒来的时候，她已经穿好衣服，含糊地道声再见，就出了门。她必须去上班了。其实我也迟了。早饭来不及吃了，我向汽车跑去，像往常一样，夹在八点钟的车流当中时，我给汉娜打了个电话。

"昨天吗？没意思！就是那些扯皮的事儿。"

在说这些话的时候，我为两件事奇怪。一是，在撒谎的时候，即使最亲近最信任的人，也察觉不到对方在撒谎。这与常言所说完全相反，人们常说撒谎者总会露点马脚，说假话的时候会结巴，会出汗，声音会变得古怪。但是朋友们，完全不是那么回事。对这种错误说法最感到奇怪的人，便是说谎者。此外，即使实情如此，即使声调会变，即使会出汗、脸红、发抖，也不会被揭穿，因为没有人会注意到。人都是轻信的，他们想不到别人会骗自己。谁会仔细听别人说话？谁会在意身边的人在说些什么？每个人都心不在焉。

"唉，你这可怜的家伙！遇上这些讨厌的人！我真想不出你怎么受得了。"

我听不出丝毫的讽刺意味。这是让我感到奇怪的另一个现象：人人都在讽刺公务员、官僚作风、耍笔杆子的人和纸老虎，但是我们自己也是这样的呀！每一个员工都自我感觉是个艺术家，是个无政府主义者，心灵自由，内心狂野，没有什么压力也不理会什么规则。人人都曾经被许诺上天堂，谁也不愿接受这样的事实：自己早已变成了原先誓死不为的那副德行，没有人例外。每个人都觉得自己与众不同，但其实早已顺从于普遍的法则。

"孩子们怎么样？"我的声音有些胆怯，她叫我"可怜的家伙"，前一天露西娅正是这样称呼我的，这给了我不期然的重重一击。

"保罗冲撞了老师。他这些日子以来很逆反。星期六你一定开导开导他。"

"星期六我不能回家了。对不起。"

"啊。"

"星期天吧。"

"那就星期天吧。"

我又说了些我的安排，说了一些想不到会发生的事情，说公司里那些乱七八糟的麻烦事。我提起了一位新同事和几位业务不熟的员工。后来我感觉自己有些过火，就住了口。

我那些下属像往常一样噤若寒蝉地等着我。他们彼此不和，这我懂，我也能想到他们恨我，这很自然，因为我也能感觉到自己对上司，那个从瓦腾威尔来的叫埃玛·施密德林的家伙，有着多么强烈的反感。但是，也不必这样怕我吧？我从来没有为难过谁，我根本不在意他们的所作所为。我了解系统的运行模式，我知道哪怕是犯一个不大不小的错误，也撼动不了什么，改变不了什么，说明不了什么。这些错误会让客户恼火，但是我们并不知道，我们不必操心。

我跟施里克和郝伯兰打了招呼，拍了拍司梅塔纳的肩膀，冲着罗本迈尔和莫尔维茨相对而坐的那间屋子格外响亮地叫了一声"嘿！"，然后走到自己的办公桌前坐下。我努力不去想露西娅。

不去想她的肌肤、她的鼻子、她的脚趾，更不能去想她的声音。有人敲门，莫尔维茨走进来，像往常一样一身大汗，被他那丑怪笨重的体型压迫着。这个小个子，没脖子，畏畏缩缩。

"过会儿再说！"我生硬地说。他闪电般地消失了。我给露西娅打了个电话："星期六你有时间吗？"

"我以为你周末不在这儿呢。"

"为什么？"我吓了一跳。她怎么会知道，难道是我跟她说了什么吗？"我在呀！"

"那好，"她说，"星期六见。"

又有人敲门，罗本迈尔走进来，发起牢骚，说他再也忍受不了莫尔维茨了。

"过会儿再说！"

好吧，罗本迈尔说，我可以忍，可我总有受够的那一天。这个人什么都不干也就算了，他不工作却狂热地在论坛里发帖子，也可以接受，就连他总是嘟嘟囔囔地骂街的毛病，我也差不多习惯了，可是要我接受他的个人卫生习惯，还是另请高明吧。

"罗本迈尔，"我把语调放柔和些，"慢慢来。我会跟他谈，我来处理。"

我本该提醒他，不要信口议论同事，但是我没有这样做。何况莫尔维茨身上的味道确实难闻，尤其在一天快要结束的时候。

星期天中午，我走进了那个湛蓝的湖畔城市，一排排别墅中有一栋，是我的家。汉娜脸色苍白，她染上了流感。保罗刚跟她顶过嘴，把自己关在房间里。小女儿哼哼唧唧地哭闹，而我像大醉了一场，感到眩晕。我仿佛还能感觉到露西娅在我全身上下的爱抚。

"明天见？"她问我。

"当然。"我不假思索地回答。

我知道那一刻我必须编点瞎话来骗她，但我随后意识到这谎话一点也不重要；只有那个房间，那张床，还有我身边的那个女人才有意义，而我的另一份生活，汉娜，孩子们，和我的家，像是令人无法相信的谎言——现在呢，在开了很长时间的车之后，我坐在桌前，推开橡皮小鸭子，看着汉娜发红的眼睛，露西娅成了一个遥远的幽灵。我往后一靠，我回家了。小女儿把她的汤勺深深插入土豆泥里，满脸都是黄色的土豆泥。手机在我的衣袋里振动。有一条短信，是露西娅发的，她想跟我见面，马上。

"有什么事？"汉娜问，"今天不是星期天吗？"

"他们处理不了。"我说着输入了几个字：公司有急事，同事突然去世，然后摁下发送键。让我惊讶的是，那种说谎的感觉并没有如期而至——仿佛我确实把另一个"我"留在了那里，正向着不幸的郝伯兰（不然是莫尔维茨？似乎是他更好些）的家走去。我出神地点点头，摸了摸小女儿的头发，走了出去。我要跟保罗严肃地谈谈。之后我想给露西娅发一封电子邮件，我告诉她我正在死者家里，强作镇静地安排事情。不要太多细节，只要粗略的轮廓，再加上两三个我敏锐观察到的细节：一扇歪斜的门，一只到处找牛奶碗的猫，还有空药盒上的字。多么奇怪，科学技术让我们进入了一个没有固定地点的世界。你可以在任何地方发出声音，你的声音可以无处不在。既然不会有人验明正身，那么，想象中的一切就算是真实。如果没有人向我指出我在什么地方，如果我本人在清醒状态下对此也没有丝毫感觉，那么，做出决定的主体在哪里？在我们使用能在分秒内传达消息的电话之前，真实而确定的空间是存在的啊。

我沉思着关掉了手机，免得她突然打来电话。没有信号这个借口，总是比较可信吧；何况，天知道，网络故障很常见，这我清楚，我就靠它工作，我对它负责。然后我攥起拳头，砸着保罗的房门，吼道："小子，开门！"

这样的好日子能持续多久？我原本预计这种危险与自由并存的双面游戏最多玩三个星期，也许一个月。但是一个月过去了，又有几个星期被抛在身后，我仍然没有暴露。

以前的人究竟是怎样做的呢？没有高科技做帮凶，他们怎样说谎，怎样骗人，怎样出轨，怎样脱身，怎样巧做安排维持自己的秘密？虽然我也从那个时代走过，却丝毫想象不出来。

我给汉娜发信息，谎称我在巴黎、在马德里、在柏林、在芝加哥，在我们的某个纪念日当天，我甚至说我在加拉加斯。我向她描述黄土弥漫的肮脏空气和街上挤作一团的汽车，我还写出了一篇很有激情的文章，是在露西娅的厨房里用我的笔记本电脑写的。露西娅呢，穿着三角内裤，光着脚，站在炉灶前。秋雨像许多个小指头一样敲打着窗玻璃。她打翻了一杯咖啡，碎片四散在地上，黑色的咖啡画出了一幅如罗夏墨迹①的图。

"你在写什么？"

"给审核部朗格洛夫的一份报告。"

我给她讲可怜的朗格洛夫（有三个孩子，四任妻子，酗酒……习惯使然，我扯了谎，无缘无故地编造了一通），而此时浮现在我眼前的，却是四天后我家餐厅里的情形：小女儿在地毯上爬来爬去，旁边的汉娜在我台式电脑上处理度假时的照片，安全起见，我几乎不用那台电脑，照片是我们四个在一处海水混浊的海滩上拍的，而我呢，正忙着给露西娅写一份关于我跟那位朗格洛夫的"会议报告"：当头儿是多么无奈，部门之间尔虞我诈，朗格洛夫的表情像只老鼠，司梅塔纳长了一张猪脸，唉，多么让人心灰意冷。我亲爱的，我只想跟你在一起。然后我溜出家门（"我去倒垃圾！"），靠在背风的墙根里，用手机和她通话，告诉她我好不容易才找到机会进楼梯间待一会儿，因为我想听听她的声音。

---

① 罗夏墨迹测验是由瑞士精神科医生、精神病学家罗夏创立的投射法人格测验，由十张精心绘制的墨迹图构成。

是说谎吗？当然是。但是，当我跟孩子们一起玩，跟汉娜千篇一律地谈着交税、水费、幼儿园和贷款的时候，难道我不在思她念她，想把我的整个生命都拉到她身旁吗？我不是只想着她的身体、她的脸庞和她那微微沙哑的声音吗？在那样的时刻，我与朗格洛夫的钩心斗角，同我那渐渐陌路的妻子以及两个吵闹的、把我看成陌生人的孩子，又有什么不同呢？我和他们在一起，不都如同在做噩梦吗？同样，当我把自己关在露西娅的浴室里，开着水龙头跟汉娜以及儿子打电话的时候（"有杂音？""信号不好！"），我那远方的家人却仿佛近在咫尺，让我觉得从未有过的可爱，而对面床上的露西娅突然变得烦人、碍事，就像某一个无聊的会议，像我刚刚在电话里伪称的那样。原来，我爱她们两个人。而我最爱的，是不在我身边的那一个，是我无法相伴的那一个，是被另一个人隔绝的那一个。

一丝怀疑浮上心头，难道我疯了吗？午夜梦回，听着身畔女人的呼吸，我迷惑的不是她到底是她们当中的哪一个，而是我究竟是谁，我是不是走进了一座迷宫花园。我一步步走进去，步幅不大，走得也不艰难，却不知不觉中深入腹地，再也找不到出口。我闭上眼睛，静静地躺着，任凭迷乱冰冷地漫延。然而在白天，当我起床找到该扮演的角色，发现似乎只有这一个角色，这时我觉得一切都变得轻快甚至正常。

在欧洲通信业大会召开的前两天,我坐在办公室里,给雇来的临时保姆打电话。汉娜要和我一起赴会,她说这下子我们总算有时间在一起了。我只要在会上做一个很简短的报告,因而并不需要提前准备什么,主办方承诺入住的酒店很豪华,还有温泉药浴。挂断电话,我看到露西娅发来了一封邮件。只有一行字:你的会议,我也去。

我揉揉眼睛,想起我无时无刻不在担心的事:早晚有一天会真相大白。一场熊熊大火正向我直扑过来。

还是不去了吧,我回信说,工作很多,那些人也很讨厌。

直到这时,我才醒悟过来。

我根本没向露西娅提过这次会议,可她居然知道。这说明她认识某个也要去参加会议的人。那么,我不能和汉娜一起去了,因为这极有可能会传进露西娅的耳朵。

反过来呢?如果我带露西娅去会怎样?汉娜不认识几个我的同事,她也很少到这座城市来,对我的工作,可想而知,她从来都没有兴趣。但风险还是很大。一时间我恨起了她们两个人。

我给汉娜打了个电话。

"唉,太可惜了!"她好像心不在焉,不知道是什么占据了她的心思。她的模样浮现在我眼前:聚精会神地看着一本书,眼神很清醒也很迷茫,而事情的真相——我不在她身边,我另有新欢,事事都不正常——让我涌出了眼泪。

"实在不行啊,"我说,"我只能留在这里。公司里的事情太多了。"

"你看着办吧。"

"下次吧,好吗?很快的。"

她漫不经心地咳嗽了两声。我听到了收音机里传来流水般的背景音乐。"好好,行。"

这时露西娅的答复出现在我的电脑屏幕上:瞎说,一定会很有意思的。我得出去走走。要是你去,我也去。不要反对!

"别难过啊。"我说。

"我理解,"汉娜说,"我理解。"

我挂掉了电话。对付露西娅更麻烦,她总想多了解些我工作上的事。真是怪事,连我自己都不想了解!但是,必须有人代表我们的部门前去:如果我独自前往,露西娅会跟着;如果我带着露西娅去,汉娜就会知道,而如果我带着汉娜去,露西娅又会有所耳闻;那么只有一个办法了。我喊来了罗本迈尔。

肯定不行,这家伙说,我要去巴黎。我们早有计划,这是我太太的主意。我们要在那里过结婚纪念日。

我喊来了施里克。

绝对不行!我父母过生日,盛大的聚会,我是独生子怎能缺席,而且我们一处农庄里的牲畜染上了瘟疫。

我没弄明白这其中的关系,但是我叹了口气,放他走了,叫来了郝伯兰。他已经预订了苏格兰环岛游的船票而且不能退订。司梅塔纳请了病假，而我的女秘书——真到了走投无路的地步我才会打发她去——早在几个月前就报名参加了在下萨克森一个小村里举办的全国彩弹射击比赛了。她无论如何也不可能替我去开会。我只剩下一个选择。

没办法，我写道，我必须让莫尔维茨去。他在公司领导层当中有朋友，他有些势力。打这几个字时我觉得很吃力，两只手都在哆嗦——当然是紧张，但也是恼火莫尔维茨和他那些狡猾的招数。我实在没办法。对不起。

莫尔维茨吗？她马上回了信。他不是死了吗？

啊，天哪！让我把气喘匀了，我想，我要平稳地呼吸。摸着石头往前走吧。那是另一个人，同姓，很巧吧。我抬头一看，莫尔维茨正站在门口。"您可以的！"我不容分说命令道，"明天就出发。"

他的汗冒得更厉害了，小眼睛不安地眨巴。最近他胖了些。

"别装得那么吃惊。您代表我们部门去开会。您干得很聪明嘛，安排巧妙。祝贺您呀。"

莫尔维茨喘着粗气。明天，他小声说，这不太好吧。我事情很多。我不喜欢出差。看他说话时那吧唧嘴的样子！

"太夸张了吧！您很明白自己其实想去，我也知道，而我们上面的那些人——"我竖起了食指，"也知道。兄弟，您会成功的。"

他怨恨地睨了我一眼，没精打采地走了。我想象着，接下来他一定会在工作台前如坐针毡，一边低声咒骂一边在某个论坛上发帖子。

我给露西娅打了个电话。

这也没什么，她当即说，不算什么，我根本没把这当回事儿。

我默默地点点头，感觉舒服多了。她多么体贴呀。

当露西娅打来电话告诉我她怀孕的时候，我正在露天浴场和孩子们一起玩。阳光落在摇荡的水面上，在深水中消融不见，仿佛明亮的光芒照进了整个世界。孩子们的笑语欢声，水花四溅的池面，椰子油、氯气和草地的气息。

"什么？"我抬手去摸额头，胳膊却有些抬不起来，手指头像是裹上了棉花，随后膝盖一软，一下子坐倒在地。一个胖胖的小姑娘跑过来，一头撞在我身上跌倒了，哭了起来。我眨眨眼睛。"这太好了。"我听见自己在说。

"是吗？"她似乎不完全相信我，其实我也不相信自己。但是，为什么我心里正升腾着快乐？一个孩子——我的第一个孩子！此时我前所未有地强烈感觉到，我是由两个自我构成，或者更确切地说，我被分裂成两种可能，而它们共存于同一个生命体。在对面，在游泳池对面，我的女儿正在草地上爬着，我的儿子斜倚在离她很远的地方，故意装出一副懒洋洋的样子跟两个同龄的女孩说话，并且巴望着这一幕不要被我看到。

"但是我不知道自己能不能当一个好爸爸。"我轻声说。我顿了一下,吃力地说下去:"我会努力!"

"你真好。你知道吧,那时候……你到底在哪儿呀,怎么这样吵?"

"在街上。离你的办公室不远。我真想马上到你那儿去……"

"那就来吧!"

"……不行呀,我约了人。"

"刚认识你的时候,我真没有想到!你像是一个身背重负的人,同时,又是……该怎么说呢?一个不得不挺直腰杆的人。我不愿意相信你。"她笑了起来,"我觉得你不是个诚实的人。"

"怎么会呢。"我女儿正走在池沿上。我站起身。

"如果当时有人对我说,我偏偏会和你——"

女儿离水面太近了。"我过会儿打给你好吗?"我快步向女儿走去。

"可是,你看这事,该怎么——"

我挂断了电话,跑了起来。尖利的草茎刺痛了我的光脚板。我从两个躺着的孩子身上跳过去,躲过一条狗,把一个女人撞到一边,在女儿离水面还有一米的地方一把抓住了她。她迷惑地看看我,想了一想,哭了起来。我抱起她,在她耳畔说着一些废话来安慰她。同时我在手机上摁出了几个字:过会儿跟你联系。我在城铁上，信号很弱。刚想发送出去，又加了一句，我真高兴！直视着女儿的脸，我再一次意识到，她一天比一天更像汉娜。我将她额头上的头发拂开，她咯咯地轻声笑了，她已经忘记了自己刚刚还在哭。我摁下了发送键。

莫尔维茨回来的时候精神完全恍惚了。他总是在喃喃自语，别人几乎无法与他交谈，而且他一个字也不愿提自己的遭遇了。

迟早的事，郝伯兰说，他迟早会这样的。

他的发言彻底砸了锅，施里克说，大家都在议论，这太让我们部门丢脸了。

还有更坏的说法呢，罗本迈尔说，据说他在酒店里闯进了一个房间，还——

"人人都会犯错。"我说，这下子他们都闭上了嘴。我这副万事不关心的样子，其实让他们感觉很好。我瘦了，我也不再关注那些古典作家，撒路斯提乌斯啰里啰唆，西塞罗内容空洞，因为这些古典作家都没有关注到我一直在思索的问题。这问题把我的脑筋搅得如同磨坊水轮中的水：能不能拥有两所房子，两条生命，两个家，一所在这儿，一所在那儿，一条生命属于这座城市，另一条属于那座城市，一个女人在这个家，一个女人在那个家，每一个都可以与我相守，仿佛她是我的唯一。其实，这只是结构问题，如何熟练使用火车时刻表和航班表的问题，智慧地运用通信手段的问题，事先周密安排的问题。当然有可能失败，但同样也会……是的，能行得通！在短期内。也有可能长期。

双重生活：让生命双重化。刚才我还是一个郁郁寡欢的部门经理，不知怎么，豁然开朗：那些拥有秘密的人为什么被描绘成恐惧的幽灵，原因很简单，他们没有秘密就活不下去，彻底公开又必死无疑，而单一的生活根本不能满足他们。

"怎么？"我哆嗦了一下。罗本迈尔站在我面前，他后面是施里克。我没听见他们进来。然后我明白过来，我弄颠倒了，别人都走出了我的屋子，只有他们两个还没走。

施里克开始低声说话。显然是发生了一件后果严重的事：安保部出了一份备忘录，通知我们说，数据库里有几百个电话号码的发放日期都搞错了，因而，已经投入使用的号码很有可能会被再次发放出去。他说罗本迈尔已经把这件事转达给莫尔维茨，莫尔维茨一开始根本没有理会，因为他——他们已经发现——要先给"名人糗事"论坛写一篇帖子。

"给哪儿写？"

您别理会，罗本迈尔说，这个已经不重要了。事情已经发生了，会有几十个新用户拿到已经存在并且本该被保密的号码，媒体会报道这件事，至少会引发两起因权益受损而提起的诉讼，而主要责任就在我们部门。

我的手机屏幕亮了。是汉娜的名字，下面的字是：我们要来看你！我的脉搏狂跳起来。

"过会儿再谈！"我站起来。

对不起，罗本迈尔说，可是形势很严重，有可能……

肯定会，施里克说。

罗本迈尔点点头。肯定会有几个人被炒鱿鱼。

我摁了几个键，但是没看到有短信。难道刚才是我的幻觉？难道我一失手删掉了它？我一定要弄清楚，这至关重要，我可不能犯错误啊。

"我马上回来。"我喊了一声便跑了出去。我跑过走廊，进了电梯。电梯轧轧响着把我送到楼下，我穿过大厅来到街上。来了，我想，叫我赶上了。人不是败于形势，也不是输于霉运，而是受制于自己的神经。失败是因为承受不住压力。所以无论什么事，总会败露，或早或晚。我慢吞吞地转来转去。我发现路人在打量我，发现对街有一个孩子在冲我指指点点，然后被他妈妈拉走了。沉住气，我暗想，沉住气，只要不出差错，就可以掩盖过去，但是一定得沉住气。我强迫自己保持镇静，我看看表，努力装出一副正在考虑今日计划的样子。转过身去，我命令自己，回去。坐电梯上楼。他们在等你。回到工作台前坐下。挽救那些需要挽救的事。行动啊。要保护自己，别逃跑。你不会晕倒的。眼下还没有。

"遇到问题了，尊敬的先生？"

我旁边站着一个极瘦的男人，头发油腻，戴了一副眼镜和一顶红得刺眼的帽子。

"什么？"

"生活很困难，是吗？"他说，油腻腻地微笑着。这倒像是一个问题而不是一个结论。"每做一次决定都很困难，仅仅是安排每天的生活这一点，便已经够复杂，我们当中哪怕最坚强的人都会被逼疯。您同意吗，尊敬的先生？"

"什么？"

"许多事情都违背我们的意愿，其实有时候我们可以让自己轻松一些。我有一辆出租车。"他指指一辆敞着门的黑色梅赛德斯－奔驰，就停在我们旁边。"我还要好意说一句：如果您想在一小时内见到某人，您就应该给他打个电话。生活过得多么快啊。为此我们拥有了小小的电话，我们的口袋里都有这个小电器，不是吗，尊敬的先生？"

我不明白他想干什么。他突出其来的出现令我厌烦，可是他说的话却让我平静了许多。"这不是出租车啊！"

"尊敬的先生！您上车吧，只要您说出地址，您会发现它就是一辆出租车。"

我犹豫着，却点了点头，坐进了后面那柔软的真皮座位。他坐上驾驶位，笨拙地调整好座位，看样子这辆车不是由他开到这里来的，又扭了扭后视镜，在打火处摸摸索索地摆弄了一会儿。"您的地址，"他轻柔地说，"请说一下。我认识的地方很多，可也不是哪儿都认识。"

我说了出来。

"一会儿的事儿，"他发动了车子，上了路。"您能确保您想回家，而不是去别的地方？您不想去找任何人？"

我摇了摇头，拿出手机，拨了露西娅的号码。"到我这儿来吧！"

"现在？"

"现在。"

"你怎么还在呀？我以为你之后一个星期都在苏黎世呢！出了什么事儿？"

我揉揉额头。对呀，我是这么说过，是为了从第二天起整个周末都在汉娜身边。"没戏了。"

"又是莫尔维茨？"

"又是莫尔维茨。"

"我就来。"

我挂断电话，呆呆地望着小小的手机屏幕。汉娜正在来这里的路上啊，那么我的的确确办了件错事，怎么能让露西娅出现在我家附近呢。我得赶紧打电话——可是打给她们当中的哪一个呢？这是怎么搞的，我怎么会让事情脱离了我的控制？瘦男人从后视镜里盯着我瞧。我感到一阵头晕，闭上了眼睛。

"您是不是在想，为什么很多事情都行不通，尊敬的先生？因为一个人总想有多重身份。我这是实话。他想成为很多种人，多层面的，希望有好几重生活。不过只能在表面上，而不是深层的。可是亲爱的朋友，到头来却还是努力把它们合为一体。所有的都合为一体。"

我睁开了眼睛："您在说什么？"

"我什么都没说呀。即便我说了，也说的是您自己都知道的事。"

"这到底是不是您的车？"

"您需要关心这件事吗？"

我没再开口，直到他在我家门前停下车子。不知怎的，我希望他不要问我要钱，但是他说出的价格高得离谱。我付了钱，下了车，刚一转身，车子就不见了。

露西娅正在门前的走廊里等我。她肯定是放下电话就赶来了。她真是个值得信任的人。"怎么了？"她关切地望着我的脸。

我张了张嘴，又闭上了。

她把双手搭在我肩上。"你有话要对我说？"

我一动也没动。我们还站在走廊里。我吸了口气。我不作声。

我们进了屋。穿过走廊，穿过我凌乱的客厅，然后，像往常一样，我们进了卧室。

几秒钟之后我们已经躺下了，我能感觉到她的四肢是多么结实，我能近距离地看着她深色的双眸。她的双手解开我的皮带，我的双手滑进她的衬衫里，一切发生得自然而然，毫不迟疑，不假思索，仿佛自动进行而不需要我们有意参与。然后是被子、赤裸的身体、喘息和她强有力的双手，她紧紧搂抱着我，我紧紧搂抱着她，然后我们分开了，疲累地并排躺着，粗重地呼吸。她身上微微见汗了。这一幕如此温柔地环绕着我，让我几乎脱口而出那些我一旦出口就想收回的话。她当真怀着我的孩子吗？可我已经有两个孩子了，两个孩子已经够难对付了，与我也够生疏了，他们看我的眼神充满怀疑，他们向我提出的问题我回答不出来。对他们来说。我不是个好爸爸。

"不能再这样下去了。"她说。

我的胃一下子抽紧了。"什么？"

"那个莫尔维茨。你太好心了，你得采取行动呀。"

我把手插进她的脖子下面。她柔软的头发。她胳膊上的金色绒毛。她胸部柔美的曲线。我愿为她做一切，我愿意为她牺牲一切。

一切？

一切，只除了另一个女人，那个有可能在几分钟之后或者下星期、下个月或者在这一年里最不合适的时刻打电话给我，跟我说她要来看我，给我一个惊喜，甚至有可能已经到了这座城市、这条街、这所房子、这楼梯、这个门前的女人。如果这是一个故事，我想，拖延是没有意义的，就让事情在此刻发生吧。

门铃响了。我猛地坐了起来。

"怎么了？"露西娅问。

"门铃响。"

174

"我什么也没听到啊。"

我默默地抚摸了一下她的头发。我还来得及承认，我想，我还没被定罪。你会原谅我吗？但是我知道，她不会。

我衣服也没穿便走过了门廊。如果此时把门打开，汉娜就站在外面，我该怎么办？也许我能找到一个办法蒙混过去。在电影和都市剧里那些主角总会绝处逢生，他们会想出冠冕堂皇的说辞，把门开开合合，把一个女人推进这个房间，把另一个女人塞进另一个房间。在狭小的空间里，通过巧施计谋，绝不让两个女人迎面撞上。这是一套专业本领。如果你下决心要掌握这种本领，你就能做到。几乎所有的本领都可以在一定的努力下自动练成，即便是应对双重生活。但是，当我赤裸着身子站在门廊里的时候，我问自己，谁有这本事？谁有这能力？

我抓住门把手。确信大祸临头，反倒心如止水。不过我还是迟疑了片刻。何不让场面更壮观些，更激烈些呢？既然汉娜已经站在外面了，何不让我的孩子们也登场，何不让我的父母也来，让他们从那黑暗的老年公寓里来？既然事已至此，何不让罗本迈尔、郝伯兰、审核部的朗格洛夫来呢，索性让莫尔维茨也来，大家都来，来看看一丝不挂的我，看看毫无隐私、毫无假象与毫无伪装的我，看看我能够多么真实！

"进来吧，"我开了门，"大家都进来！"

险境

"我还以为我们会坠机呢。我的上帝，你经历过这种事吗？"

伊丽莎白摇摇头。这一次她也做了最糟糕的打算：小飞机呻吟着在狂风中飘摇，货舱里散发着金属和汽油的味道，医药品在里边飞来飞去。一位医生撞伤了额头，只好缠上绷带止血。莱奥倒是一直都很安静，面色苍白但还是笔挺地坐在那里，脸上挂着淡然而扭曲的微笑。

"我在想，"他仰着头，伸开胳膊，转了转身子，"我们为什么觉得这里这么美丽。只不过是些零星的草，几棵树，大片的天空。为什么就感觉像是到家了呢？"

"别这么大声！"她感觉头晕，忍不住坐倒在地：路面没有铺沥青，红色的泥土裸露着，被飞机的轮子辗得如石头般坚硬。跑道边上停着两辆吉普车，还有几个穿制服的人站在旁边。其中两个挎着冲锋枪。

"旧日的美梦啊，"莱奥说，"这里几百万年都是荒原。之后的一切只能算作一个小插曲。喂，告诉我，你是不是不舒服？"

"还好。"她低声说。伴随着低咳般沉闷的轰鸣，飞机的螺旋桨转动了：先是在旋转，然后就看不清了，只余一片白光。机轮滚动起来，米尔纳医生和雷本塔尔医生把医药箱搬上了吉普车。他们不时向莱奥投来狐疑的一瞥。伊丽莎白带他同行，让大家都不满意。这事不合常规，如果有人发现这位神情不安的乘客是一个作家，以将所见所闻公之于众为职业，大家是不会原谅她的。但是莱奥固执己见，他坚持希望了解她的生活，不能眼睁睁地看着真正的生活在他面前跑开。也许是她终于想通了，愿意把真正的生活展现在他面前，也许是她很好奇，想知道在真正的压力下他会怎样表现，也许只是她无法违背他的愿望，总之，她把他带来了。

"那是真家伙吗？"他问那两个医生，"对面那人挎的那东西，您看，就是吉普车里的那个人。那是真的吗？"

"您以为呢？"米尔纳说。他是个寡言罕语的高个子瑞士人，在刚果工作了很长时间，对于那些经历，他一个字都不愿提起。飞行时，他的脑袋被一个箱子砸中了，他却连哼都没有哼一声。

"让我来帮您吧！"莱奥从他手里抢过箱子，放在行李架上。有玻璃碰撞的叮当声。"您读过海明威的书吗？我刚才一直想着海明威。您在这里工作，没有想到过他吗？"

"不，"米尔纳说，"我想到过。"

"看这儿，"莱奥指指荷枪实弹的军人，又指指在跑道尽头转弯的飞机，"这不活生生就是他书里面的情景吗！"

"别指！"雷本塔尔说。

"什么？"

"别指指点点的。"

"这会惹恼他们，"米尔纳说，"您一定不希望那样吧。"

"可那是你们的人呀！"

"莱奥，"伊丽莎白说，"别说了。"

"可是——"

"安静些，到吉普车里去！"

该怎么对他解释呢？该怎么让一个局外人理解，工作在战乱之地，必须学会妥协？该怎么跟他说，你只能付钱给那些还不算太凶残的势力集团或者是你认为还不算太凶残的集团，但是在危急关头你根本没有选择权，为了活命，只能付钱。她在杀人凶手的帐篷里住过好多次，吃过他们的饭，喝过他们的汤，然后去那些被他们毁坏的村庄，靠低微的医术为侥幸逃生的村民疗伤。找不到干净的用品，没有明确的指令，唯一能做的是尽力帮助伤者，而且什么都不要问。

"看！"莱奥喊了起来。

跟随着他的目光，她看到跑道一端一架飞机已经离地，升空，越来越小，最后消失在太阳的光圈中。

"在这里坠机，"他说，"该多好。能写进传记里就好了。在非洲失踪，下落不明。"

伊丽莎白耸耸肩。

"自一年前玛丽娅·鲁宾斯坦失踪，她的书前所未有地畅销。现在他们还想把罗姆纳奖颁给她呢。我的上帝呀，你想想看，如果当时我来了……也许现在就是我而不是她……我一直在想，我是不是应该为此而内疚呢？"

伊丽莎白摇了摇头。她真弄不懂他在说什么。

他们挤在吉普车里，行驶在高耸的茅草间。风吹乱了他们的头发，空气中有泥土的气息，烈日当头，光线耀眼，在阳光下万物都模糊起来。莱奥喊了一句什么，她没听清。远处，低沉的雷声滚滚而来。

"什么？"她大声喊。

"第一次这么真实！"莱奥吼道。

"什么？"

"我都记不起什么时候这么真实过。"

她无意深究他的话，她有其他的事情要考虑。明天她要治疗第一批伤员，她知道从此刻起她会变得麻木，她内心深处只有迟钝与麻木。其实她下了多少次决心啊，留在欧洲，再也不来做这份工作。坐在她身边的莱奥取出笔记本，开始在上面涂涂写写。他是怎么想的，他把自己当成安德烈·马尔罗①了吗？越过他的肩

---

①安德烈·马尔罗（1901—1976），法国小说家，经历丰富而传奇。

膀，她斜睨了一眼，但是只看出了这么几个字：客厅……关掉电视机……游乐场……邻家的女人。

他转过身来，迎上了她的目光。"只不过突然有了灵感！"他大声喊，"有点想法。"

草丛间忽然冒出一只花斑鬣狗的脑袋。坐在他们身后的一个士兵提枪瞄准，却并没有开枪，车子已经开过去了。莱奥继续写字，而她无事可做，只能继续瞟着他的笔记本。她以前总担心他把自己写进故事里，还自作主张地创作出一个自己的扭曲的复制品来，这个念头让她难以忍受。但是她一提及，他就避而不谈或是转移话题。

来到了首都，他居然行为谨慎，谨慎得异常。在她和两位部长谈话时，他乖乖地站在一旁，绝不喧宾夺主，但是对于谈话内容，他一个字都没有放过。停了两天自来水，他跟大家一样毫无怨言，先是用矿泉水，继而索性不洗漱，最后一天他还偷偷塞给司机一些钱，让他送自己去一处贫民窟转了转，那里是骚乱最严重的地方。过后这件事传到了她的耳朵里。据说莱奥还下了车，向那里的贫民做了些调查。这股突然爆发的勇气是从哪儿来的？这可不符合他的性情啊。远处又响起了隆隆声。她下意识地抬头，却只看到天空中的几朵流云。

"我这辈子还没听过枪炮声呢，"莱奥说，"这是大炮吗？"

"是坦克。"米尔纳说。

当然是了！她闭了会儿眼睛。难道他听了出来，而她没听出来？

这个村庄里只有几间小小的白铁皮房子。两辆锈迹斑斑的吉普车歪斜地停在草丛里，十几个荷枪实弹的人打着哈欠围坐在一个熄灭的火堆旁。一只山羊不紧不慢地嗅着一个土堆。三个欧洲人躬着腰从一间小房子里钻出来：其中一个小个子女人，四十五岁上下，戴眼镜，穿着毛背心，还有一个穿制服的男人，胸前印着联合国的字样，跟在他们身后的是一个棕色头发的女人，苗条，高挑，美得不同寻常。

"里德格特。"小个子女人说，伊丽莎白愣了愣，明白过来，她是在做自我介绍。"克拉拉·里德格特，红十字会。很好，你们来了。"

"罗特曼，"那个男人介绍自己，"多国维和部队的。局势很不稳定，我不知道我们还能在这里驻扎多久。"

电话铃声响起，人人都询问般地四下察看，结果是莱奥抱歉地微笑着，拿出了自己的手机。太奇怪了，这里居然还有信号！他转过身去低声说话。

"我们以前是不是见过面？"伊丽莎白问。

"我想不起在哪里见过。"里德格特说。

"见过，"伊丽莎白说，"一定见过，而且就在不久前——"

"我已经说过了，"里德格特夫人不动声色，僵硬地微笑，"我想不起我们在哪里见过！"

伊丽莎白发现那个棕色头发的女人在看她。她身上散发着智慧与神秘的光芒。不知为什么，她似乎是这里最重要的人物，几乎无法让人将视线从她身上移开。

"是埃尔米茨卡纳奖。"莱奥大声说。

"什么？"

"我得了埃尔米茨卡纳奖。他们问我是否接受这个奖。我说，我现在没有时间来考虑这种把戏。"

"然后呢？"

"我怎么知道，也许会让别人得这个奖吧。反正我现在没工夫管这些。有没有搞错，谁会在乎这个。"

伊丽莎白的眼神又飘向那个女人。这里究竟发生了什么？模模糊糊中，她产生了怀疑，但无法清晰地说出来。就在此时，在明亮的天光下，地平线上突然出现了一团火光，她觉得大地都在晃动。他们不由自主地蜷缩起身子，几秒钟后传来了爆炸声。我真不该带他到这里来，她想，他怎么受得了这些。但是莱奥神色如常，满脸关切，只是嘴唇在微微颤抖。

"照我看他们不是冲着我们来的，"他说，"他们在向北方推进，也许会继续前进。"

"似乎是这样。"罗特曼说。

"天知道。"雷本塔尔说。

"你怎么知道的，"伊丽莎白问，"哪边是北？"

"这里有大象吗？"莱奥问。

"都越过边界走了，"罗特曼说，"躲避战火。"

"我来到了非洲，"莱奥说，"而且有可能死在非洲，却见不到大象。"他向着那个棕色头发的女人微笑。她也回应了他的目光。一切尽在不言中。那种亲密无间的眼神，属于完全理解的彼此，属于完全相知的知己。

伊丽莎白觉得自己的心跳加速。"得找人对储备的药品分类，"罗特曼对她说，"您来给我帮帮忙？"是啊，现在不是考虑那些的时候，还有很多工作。

他们俩走进一间闷热的小屋，坐下来整理注射针筒。罗特曼眯起眼睛，好看得更清楚些。他的呼吸粗重，胡须上挂满汗珠。

"维和部队究竟是怎么回事？"伊丽莎白突然问。

"什么？"

"多国维和部队在南斯拉夫。联合国派来这里的保护军队应该另有名称吧。"

他沉默了片刻，"那是我的口误，"他勉强笑了笑，"我总归知道我是在为谁工作的。"

"那么，您是在为谁工作？"

他不知所措地看看她。外面又传来了枪声。门开了，棕发女人走进来，弯下腰来察看药品。

"我们还没有相互介绍过。"伊丽莎白向她伸出一只手，报出了自己的名字。

"对不起。"对方的手握过来，绵软却有力。"很高兴认识您。我是拉拉·加斯帕德。"

"原来您就是……"伊丽莎白一拍脑门，"您不是在……在美国吗？"

"说来话长，很曲折。我的人生里全是曲折的故事。"

"奇怪呀，"罗特曼说，"你们俩长得很像。"

"您这么认为？"拉拉问。

伊丽莎白站起来，一句话不说就走出去了。

她靠在铁皮墙上。天气依旧很热，但天色已渐渐暗淡。只一会儿工夫天就黑了，赤道附近就是这样。过了几秒钟她才发现，莱奥站在她身边。

"这里发生的一切都是不真实的，"她说，"是吗？"

"这要看你如何定义了，"他燃起一支烟，"真实，这个词的意义就在于没有意义。"

"所以你才这么成竹在胸，这么镇定，什么都应付得了。这里的一切不过是你编造的，是你的创作，是根据我们那次的旅行和你对我工作的了解进行的创作。拉拉当然会出现在这里。"

"只要我到哪儿，拉拉就会到哪儿。"

"我早就想到你会对我来这一手。我早就知道你会把我弄进你的故事里！可这正是我不乐意的！"

"我们一直都在故事里啊。"他吸了一口烟，烟头处红光一闪，然后他垂下手，把烟吐进热烘烘的空气里。"故事中的故事中的故事。我们永远都无法得知一个故事会在哪里结束，另一个故事又会从哪里开始！事实上，所有的故事都交织在一起。只有在书里，它们才界限分明。"

"可你不该安排个什么多国维和部队。你没听说过'调查研究'这个词吗？"

"我不是那路作家。"

"也许吧。"她说，"我要离开你。"

他注视着她。一时间，她悲从中来。地平线上又是一团火光。有人正在死亡，现实灼热又让人伤痛，让人无话可说。那么，究竟这是他的创作还是她确实身处此地，并没有什么分别——确实存在被纯粹的恐惧所笼罩的地方，也确实存在万物本色生活的地方。

"但不是现在吧，"他说，"不要在这个故事里离开。"

他们沉默了一会儿。前面，几个军人点起了一堆火。他们围坐在火堆前，用本地语言轻声谈天，不时有人笑出声来。

"如果这是在现实当中，你无论如何也不会拒绝接受一个奖。给我一支烟。"

"那是我最后一支烟了。"

"再也没了？"

他摇了摇头。"我的上帝啊，没有了。我太想吸烟了，我紧张得要命。"

她眨着眼睛，可她看不清他的模样。他显得很不真实，几乎是透明的，像是他的影子。而在那间小屋里，她知道，拉拉·加斯帕德却更加鲜明，她的魅力更加独特更加迷人。

"可怜的里德格特夫人，你一定要利用她吗？"

"干吗不呢？"他的声音简直不是从他的身体里发出来的，仿佛从四面八方传来，而在这晚风中，如同蚊鸣。"我觉得她非常有用。"

"有用。哼。"

"这样不好吗？"

她耸耸肩，走进屋去。拉拉·加斯帕德握着一支铅笔，聚精会神地在笔记本上写着什么。那绝美的风姿！罗特曼坐在她身旁，读着一本破旧的法文袖珍书——米盖·奥里斯托斯·布兰克斯的《做自己的艺术》。米尔纳和雷本塔尔在与一个民兵玩牌。

"有时候他发牌，"米尔纳低声说，"有时候我们发，然后大家看牌。接着他跟我们说是谁赢了。见鬼，这叫什么玩法？"

伊丽莎白耸了耸肩，表示自己也不清楚。她坐下来，头靠在墙上，疲累欲死，却又希望自己能保持清醒。若是她睡着了，她会做出怎样的梦？"莱奥到底在哪儿？"

米尔纳抬头看看："谁？"

伊丽莎白微微颔首。他们就是这样做的，就这样摆脱应负的责任。他无处不在，他藏身事后，他在高天之上，他在厚土之下，他像一个二等神灵，再也没有机会让他来解释。

"我们该去睡了，"拉拉·加斯帕德合上笔记本，"明天又是艰苦的一天。"

伊丽莎白闭上了眼睛。如果这是一个故事，那么就会有事情发生，就会很艰难，否则就不是故事了。醒来之后，她会被送到哪里？忽然间，她觉得无所谓了。手机响了起来。她没有理会。

图书在版编目(CIP)数据

名声/〔德〕凯曼著；杜新华译.－海口：南海
出版公司,2016.2
ISBN 978-7-5442-6168-5

Ⅰ.①名… Ⅱ.①凯…②杜… Ⅲ.①短篇小说－小
说集－德国－现代 Ⅳ.①I516.45

中国版本图书馆CIP数据核字(2014)第014198号

著作权合同登记号 图字：30-2010-081
RUHM by Daniel Kehlmann
Copyright © 2009 by Rowohlt Verlag GmbH, Reinbek bei Hamburg
Chinese language edition arranged through HERCULES Business & Culture GmbH, Germany
All Rights Reserved.

名声

〔德〕丹尼尔·凯曼 著
杜新华 译

出   版 南海出版公司 (0898)66568511
          海口市海秀中路51号星华大厦五楼 邮编 570206
发   行 新经典文化有限公司
          电话(010)68423599 邮箱 editor@readinglife.com
经   销 新华书店

责任编辑 马秀琴
特邀编辑 李怡霏
装帧设计 韩 笑
内文制作 田晓波

印   刷 三河市三佳印刷装订有限公司
开   本 880毫米×1230毫米 1/32
印   张 6.25
字   数 111千
版   次 2016年2月第1版
          2016年2月第1次印刷
书   号 ISBN 978-7-5442-6168-5
定   价 29.50元

版权所有，未经书面许可，不得转载、复制、翻印，违者必究。